NANSI LOVELL

HUNANGOFIANT HEN SIPSI

ELENA PUW MORGAN
yn ysgrifennu dan yr enw Elena Puw Davies

Rhagymadrodd gan Mererid Puw Davies
ac Angharad Puw Davies

CLASURON HONNO

Cyhoeddwyd gan Honno
'Ailsa Craig', Heol y Cawl, Dinas Powys,
Bro Morgannwg, CF6 4AH
www.honno.co.uk

Cyhoeddwyd am y tro cyntaf ym Mhrydain Fawr gan
Wasg Aberystwyth, 1933
Cyhoeddwyd am y tro cyntaf gan Honno yn 2018

British Library Cataloguing in Publishing Data
Ceir cofnod catalog o'r llyfr hwn yn y Llyfrgell Brydeinig

ISBN: 978-1-909983-91-5
eISBN: 978-1-909983-92-2

Lluniau y clawr: *Welsh Gypsy Girl* (1949),
gan John Petts trwy ganiatâd Ystâd John Petts.

Cysodydd: Dafydd Prys
Dylunydd y clawr: Graham Preston
Cyhoeddwyd gyda chymorth ariannol Cyngor Llyfrau Cymru
Argraffwyd yng Nghymru gan Gomer, Llandysul

CYNNWYS

RHAGAIR

Sefydlwyd Honno Gwasg Menywod Cymru ym 1986 er mwyn rhoi cyfleoedd i fenywod yn y byd cyhoeddi Cymreig ac i gyflwyno llên menywod Cymru i gynulleidfa ehangach. Un o brif amcanion y wasg yw meithrin llenorion benywaidd Cymru a rhoi'r cyfle cyntaf iddynt weld eu gwaith mewn print. Yn ogystal â darganfod awduron benywaidd, mae Honno hefyd yn eu hailddarganfod: rhan bwysig o genhadaeth y wasg yw cyflwyno gweithiau gan fenywod o Gymru, sydd wedi bod allan o brint ers amser maith, i genhedlaeth newydd o ddarllenwyr. Dyna a wneir yn y ddwy gyfres Clasuron Honno a Honno Classics. Crynhoir cenadwri Clasuron Honno yn rhagair y gyfrol gyntaf yn y gyfres, sef *Telyn Egryn* gan Elen Egryn:

> Fel merched a Chymry teimlwn ei bod hi'n hynod o bwysig inni ailddarganfod llenyddiaeth y rhai a'n rhagflaenodd, er mwyn cofio, dathlu a mwynhau cyfraniad merched y gorffennol i'n llên ac i'n diwylliant yn gyffredinol.

Gobaith diffuant Honno yw y bydd y gyfrol hon, *Nansi Lovell: Hunangofiant Hen Sipsi*, â'i Rhagymadrodd difyr gan Mererid ac Angharad Puw Davies ar fywyd a gwaith ei nain, yn ysgogi ymchwil pellach ac yn tynnu sylw beirniadol o'r newydd at Elena Puw Morgan (1900-1973) a'i chyfraniad i lenyddiaeth Cymru.

Rosanne Reeves
(Golygydd *Nansi Lovell: Hunangofiant Hen Sipsi)*

Diolch i Wasg Honno am ymroi i'r argraffiad newydd yma, ac i Rosanne Reeves am ei gofal amdano.

Mererid Puw Davies ac Angharad Puw Davies

Hoffwn ddiolch o galon i Helena Earnshaw, Caroline Oakley, Tricia Chapman ac Eurwen Booth o Wasg Honno am eu cymorth amhrisiadwy wrth lywio'r clasur hwn drwy'r wasg mor ddiffwdan; Meleri Puw Davies ac Angharad Puw Davies am eu caniatâd i adargraffu nofel eu nain; Graham Preston am ddylunio'r clawr; Dafydd Prys am gysodi; Gwasg Gomer am argraffu a Michael Petts am ganiatâd i ddefnyddio darlun ei dad, John Petts, *Welsh Gipsy Girl*, a Chyngor Llyfrau Cymru am eu cymorth ariannol.

Rosanne Reeves, Golygydd

RHAGYMADRODD

Ganed Elena Puw Morgan yng Nghorwen, Sir Feirionnydd ym 1900 yn Elena Puw Davies.[1] Cafodd ei magu yn Islwyn, mans Capel Annibynnol Bethesda lle'r oedd ei thad yn weinidog. Treuliodd ei bywyd priodasol yn Annedd Wen, Corwen, a bu fyw yno ran fwyaf ei hoes nes i afiechyd garw beri iddi symud, yn wraig weddw, i fyw at ei merch a'i theulu hithau yn yr Amwythig, lle bu farw ym 1973. Yn ystod y blynyddoedd olaf hynny hefyd, pan ganiatâi ei hiechyd, treuliai gyfnodau yn Victoria House, Llanfair Caereinion, yn Sir Drefaldwyn, hen gartref diweddar frawd a chwaer ei gŵr.

Crefyddol iawn oedd ei magwraeth. Dywedai iddi gael dweud y drefn un tro am ddim ond mentro edrych dros y wal i gae lle cynhelid ffair wagedd yng Nghorwen, heb sôn am fynd iddi. Serch hynny, roedd y cartref yn un cariadus a diwylliedig, fel y mae cyflwyniadau ei dwy nofel fwyaf adnabyddus, *Y Wisg Sidan* (1939) a'r *Graith* (1943) yn eu hamlygu. Cyflwynodd hi'r naill i'w thad Lewis Davies 'a roes

1: Dan yr enw Elena Puw-Davies y cyhoeddodd yr awdures *Nansi Lovell: Hunangofiant Hen Sipsi* (Aberystwyth: Gwasg Aberystwyth, 1933). Ond unigryw ymysg ei phrif gyhoeddiadau yw'r defnydd o gyplysnod yn ei henw. Fel arall, adwaenid hi bob amser fel Elena Puw Davies, ei henw morwynol, neu Elena Puw Morgan, ei henw priod. Penderfynwyd wrth baratoi'r argraffiad newydd yma ddefnyddio'r enw Elena Puw Morgan, am mai felly y mae'r awdures yn fwyaf adnabyddus heddiw, a dyna'r enw a ddefnyddiwn trwy'r ysgrif hon er hwylustod. Mae amlinelliad dibynadwy o fywgraffiad Elena Puw Morgan, ynghyd â sylwadau cyffredinol am ei phrif weithiau, yn ysgrif Marian Elis, 'Elena Puw Morgan', *Taliesin* 53 (Hydref 1985), tt. 61-68. Gweler hefyd R.M. Jones, *Llenyddiaeth Gymraeg* 1902-1936 ([Caernarfon]: Cyhoeddiadau Barddas, 1987), tt. 477-85. Ymddengys cyfeiriadau pellach at ddyfyniadau o'r gweithiau yma yn y prif destun.

i mi'r ysbrydiaeth i'w hysgrifennu', a'r llall i'w mam Kate Davies 'mewn diolchgarwch am gartref mor annhebyg i'r Llechwedd', cyfeiriadaeth at aelwyd gyntaf, greulon prif gymeriad y nofel honno.[2]

Yn wir, roedd rhieni Elena Puw Morgan yn hynod ofalus ohoni fel unig blentyn: roedd mab a aned iddynt ddwy flynedd ynghynt, Dewi Iwan, wedi marw cyn cyrraedd blwydd oed. Roedd Lewis Davies yn ddarllenwr brwd ac yn hoff o astudio'r clasuron Groegaidd, ac mae'n debyg mai o hynny y daeth yr enw Elena, oedd yn un anghyffredin ar y pryd. Roedd yn gasglwr llyfrau, a gwyddai sut i'w rhwymo'n hardd ei hun hefyd, fel aml i weinidog yr oes. Sonnid iddo wario ei gyflog cyntaf fel gweinidog ar set o silffoedd llyfrau mawr a hardd, a drysorwyd gan y teulu am ganrif a mwy wedyn. Ond magwyd ef mewn tlodi llethol yng nghefn gwlad Sir Aberteifi, ar dyddyn Pen Lôn Dywyll yn ymyl Beulah, Castell Newydd Emlyn. Roedd yn un o ddeuddeg o blant a gollodd eu dau riant i'r diciáu pan oedd yr hynaf yn ddim ond geneth ddeuddeg oed. Magodd y chwaer hynaf lond tŷ o blant ar ei phen ei hunan, un ar ddeg brawd a chwaer fach, ar y plwyf. Dywedid iddi fod yn un hynod lem a drwg ei thymer ond mae'n anodd dychmygu'r caledi a brofodd.

Felly er na fu Elena Puw Morgan ei hun fyw erioed yn y fath dlodi llym sy'n nodweddu ei phrif weithiau llenyddol, roedd yn sicr yn ymwybodol iawn ohono yng nghefndir ei thad, yn ogystal ag ym mhlentyndod rhai o'i chyfoedion, fel y nododd yr awdures Dyddgu Owen (1906-1992) mewn ysgrif

2: Elena Puw Morgan, *Y Wisg Sidan* (Dinbych: Clwb Llyfrau Cymreig, 1939), dim t.; *Y Graith* (Aberystwyth: Clwb Llyfrau Cymreig, 1943), dim t.. Yn ôl argraffiad mwy diweddar o'r Graith (Llandysul: Gomer, 1999), ym 1942 oedd yr argraffiad cyntaf, ond nid yw'r nodyn yma yn cyd-daro â'r wybodaeth yn argraffiad 1943.

goffa graff ac annwyl iddi.[3] Magwraeth wahanol iawn a digon cysurus gafodd mam Elena Puw Morgan, Kate Davies, ar fferm y Brithdir, Maerdy, ger Corwen. Hannai hi o deulu Pugh Rhiw Goch, Trawsfynydd, ar ochr ei mam, ac Elisiaid Llangwm ar ochr ei thad.

Collodd Elena Puw Morgan lawer o'i haddysg ysgol oherwydd iechyd brau, meddid. Erbyn hyn nid yw'n eglur iawn beth oedd achos y gwendid yma, ac efallai mai gor-ofalwch ei thad, yn enwedig, oedd yn gyfrifol. Yn sicr, ni chafodd ei ferch alluog erioed gyfle i fynd i goleg, oedd yn siom fawr iddi. Ni chafodd hi ychwaith yr un wers Gymraeg yn yr ysgol ac mi boenai'n arw nad oedd safon ei Chymraeg yn ddigon da. Serch hynny, gyda chefnogaeth ei rhieni, darllenodd yn eang o'i phlentyndod ymlaen lenyddiaeth Gymraeg a Saesneg, a'i haddysgu hi ei hun.[4]

Un â natur addfwyn, ddiymhongar ac eithriadol swil oedd Elena Puw Morgan. Priododd ym 1931, yn gymharol hwyr ar yr adeg honno, â John Morgan. Teiliwr yn wreiddiol o'r Foel yn Sir Drefaldwyn oedd John Morgan, a chafodd fywyd digon lliwgar cyn ymgartrefu yng Nghorwen. Bwriodd ei brentisiaeth fel teiliwr ym Manceinion, cyn symud i Glasgow lle roedd yn weithgar iawn yn y mudiad Llafur cynnar ac yn y gwaith o sefydlu undeb gweithwyr y dociau yno yng nghyfnod adnabyddus 'Red Clydeside'; mewn gwirionedd

3: Dyddgu Owen, 'Roedd ei chymeriadau'n fyw', *Y Cymro* 30 Awst 1973, t. 5. Meddai yma am ei phrofiad o ddarllen nofel fawr Elena Puw Morgan, *Y Graith* (1943) iddi gael ei '[g]wefreiddio […] gan ei gallu i grisialu'r cyfnod garw hwnnw a oedd yn gefndir mor nodweddiadol i blentyndod fy nghenhedlaeth i. […] Mae'r awdur wedi rhwydo a chrisialu'r cyfnod yma [...] am byth. Fel yna yn union yr oedd hi ym Mhowys […] yn f'amser i, ond mai gwraig y Mistar ac nid gwraig y Person oedd yn dod i mewn [i'r ysgol] i'n dysgu i wnio.'

4: Cf Elis, t. 61.

roedd fwy na heb yn gomiwnydd mewn popeth ond enw gydol ei oes. Wedi dychwelyd i Gymru, parhaodd yn weithgar efo'r blaid Lafur a safodd drosti fel ymgeisydd i'r Senedd, er nad oedd yr un rhithyn o obaith i gynrychiolydd o'r fath blaid ffasiwn newydd gael ei ethol yn Aelod Seneddol yng Nghymru wledig y cyfnod. Erbyn iddo briodi, roedd John Morgan yn berchen Siop Treferwyn, busnes teilwra llwyddiannus yng Nghorwen, ynghyd â'i bartner William Davies.[5] Roedd yn ŵr amlwg yng nghymdeithas Sir Feirionnydd: yn ysgrifennydd Capel Bethesda, Corwen am flynyddoedd maith, yn ysgrifennydd Pwyllgor Llên Eisteddfod Genedlaethol Corwen 1919, ac yn un o brif drefnwyr Eisteddfod Genedlaethol gyntaf yr Urdd ym Mhafiliwn Corwen ym 1929.

Roedd John Morgan fwy na phum mlynedd ar hugain yn hŷn nag Elena Puw Morgan. Dywedid iddynt fod mewn cariad am flynyddoedd, ond i John Morgan oedi'n hir cyn gofyn am ei llaw, gan gredu y dylai hi gael priodi rhywun iau pe dymunai. Mynd ar y trên i Langollen un diwrnod i briodi a wnaethant, heb ddweud wrth neb heblaw Lewis a Kate Davies o flaen llaw. Dieithriaid oddi ar y stryd oedd y ddau dyst. Mae'n siŵr bod hyn, a'r gwahaniaeth mawr mewn oedran rhwng y ddau yn destun siarad yn y dref wedyn, ond daeth hapusrwydd eu priodas a'u haelwyd yn ddihareb yng Nghorwen. Mae'n debyg mai gwleidyddiaeth oedd yr unig faes lle nad oeddynt yn gweld llygad yn llygad, gan bod Elena Puw Morgan yn gefnogol iawn i Blaid Genedlaethol Cymru (a fathwyd yn Plaid Cymru wedyn) yn nyddiau cynnar honno yn Sir Feirionnydd.

Un plentyn aned i'r ddau, Catrin Puw Morgan (Catrin Puw

5: Dyma leoliad Caffi Treferwyn heddiw, lle mae plác i'w weld er cof am Elena Puw Morgan.

Davies wedi ei phriodas), ym 1933. Cofiai hi aelwyd ddiwylliedig a bywiog lle byddai llenorion, beirdd a phrydyddion yr ardal yn ymgynnull yn rheolaidd i drafod llên a barddoniaeth. Daethant hefyd i ofyn i John Morgan gywiro'u llinellau cynganeddol, oherwydd er nad oedd ef yn barddoni ei hun, roedd yn feistr nodedig ar reolau mwy cymhleth y canu caeth.[6] Adroddwyd hanes wrth wyres John Morgan am gwsmer yn dod i Siop Treferwyn yn ystod oriau agor rhyw ddiwrnod, a'i chael yn llawn beirdd a chywion beirdd yn trafod yn ddwys rhyw agwedd ar y pedwar mesur ar hugain. Ar ôl aros am amser maith am sylw at ei neges am ddillad neu ddefnydd, holodd y cwsmer yn eironig a fuasai'n well iddo ddod yn ôl ryw dro arall mwy cyfleus; gan olygu, wrth gwrs, y gwrthwyneb. "Ie wir, buasai hynny'n eithaf peth" oedd ateb llwyr ddifrifol John Morgan, a'i sylw wedi ei hoelio ar yr awen.[7]

Bu Elena Puw Morgan yn aelod ffyddlon o gapel Bethesda ar hyd ei hoes. Ond nid oedd yn gwbl gonfensiynol chwaith. Ffrind ac ymwelydd cyson i'w haelwyd oedd y llenor adnabyddus, ecsentrig a dadleuol John Cowper Powys (1872-1963). Roedd hwnnw wedi dychwelyd i Brydain wedi blynyddoedd o ddarlithio yn yr Unol Daleithiau i fyw bywyd Bohemaidd yng Nghorwen o 1935 ymlaen, efo'i gymar Americanaidd, Phyllis Playter, tra roedd ei wraig yn dal yn

6: Roedd brawd John Morgan, Rob, yn fardd cadeiriol a llwyddiannus yn ei fro. Roedd yntau yn deiliwr, a chadwai siop ddillad Victoria House yn Llanfair Caereinion efo'i chwaer Catrin. Darllenwr brwd arall oedd Rob. Mae hanes amdano yn darllen mor hunan-anghofiedig wrth y bwrdd bwyd fel y rhoddodd ei chwaer ddarn o ledr ar ei blât yn lle brechdan yn ddiarwybod iddo. Bwytaodd Rob y lledr heb sylwi dim.
7: Ni rôi Catrin Puw Davies goel ar y stori hon. Ni chlywsai hi mohoni erioed, meddai hi; ac nid oedd yn gydnaws ag ymddygiad cyson foesgar ei thad.

fyw. Disgrifiai ef ei hun fel anarchydd a go brin y byddai pawb o drigolion Corwen wedi cymeradwyo cwmni o'r fath ar sawl cyfrif. Byddai John Cowper Powys yn mwynhau cynnal trafodaethau hir am lenyddiaeth a chwedloniaeth Gymraeg efo Elena Puw a John Morgan, a dysgodd ddarllen Cymraeg, yn rhannol diolch i'w cefnogaeth a'u cymorth hwy. Mae ei nofel *Owen Glendower* (1941), a ysgrifennodd yn y cyfnod yma, yn cynnwys nifer o gyfeiriadau at chwedlau'r Mabinogi. Mewn nodyn ym mlaen un o'i lyfrau, rhodd i John Morgan, ysgrifennodd 'To my Master Bard John Morgan, from his respectful and affectionate pupil of mabinog'. Cyfaill arall oedd y bardd John Redwood Anderson (1883-1964), oedd hefyd wedi ymddeol i'r ardal.

Ar yr un pryd, roedd Elena Puw Morgan yn gyfarwydd â llawer o lenorion a deallusion amlwg y Gymru Gymraeg. Roedd yn ffrind er enghraifft i Iorwerth C. Peate (1901-1982), a gohebai fel merch ifanc efo'i chefnder David Ellis o Benyfed (1893-1916), sy'n adnabyddus bellach fel 'y bardd a gollwyd' mor ddychrynllyd o ifanc yn y Rhyfel Mawr.[8] Yn nes ymlaen, llythyrai efo'i chyfaill y nofelydd Moelona (Elizabeth Mary Jones, 1877-1953). Cadwai'r ddwy gwmni i'w gilydd yng Ngorsedd yr Eisteddfod Genedlaethol ac ysgrifennodd Moelona at Elena Puw Morgan ym Mehefin 1951 gan ddweud 'Wel, a ydych yn dod i Aberystwyth ddydd Mercher? Rwy'n mawr obeithio eich bod, neu ni bydd Derwydd arall o wraig ond myfi'. Roedd Elena Puw Morgan hefyd yn gyfaill i Dyddgu Owen, ac i'r awdur E. Tegla Davies (1880-1967), ymysg eraill. Roedd Kate Roberts (1891-1985)

8: Gweler Alan Llwyd ac Elwyn Edwards, *David Ellis: Y Bardd a Gollwyd* (Felindre, Abertawe: Cyhoeddiadau Barddas, 1992), t. 109, lle dyfynnir o lythyr gan Elena Puw Morgan at David Ellis sy'n trafod cerdd gan Cynan fu yn *Y Cymro*, 1918.

yn gydnabod, a lluniodd hithau, fel a wnaethai Dyddgu Owen, ysgrif goffa fer amdani.[9]

Math gwahanol iawn o ymwelydd oedd yn ymddangos yn aml yng nghegin Annedd Wen oedd y crwydryn neu'r 'trempyn', yn yr hen ystyr. Dynion oedd y rhain oedd heb gartref parhaol ond yn crwydro'r fro trwy'r flwyddyn gan gario eu hychydig eiddo efo nhw. Roedd croeso bob amser iddyn nhw gan Elena Puw Morgan. Rhoddai fwyd a dillad iddyn nhw, a sgwrsio a gwrando'u hanesion. Dim ond wedyn y darganfyddodd ei merch Catrin bod ganddynt fel cymuned arwyddion cyfrinachol, wedi eu llunio o gerrig mân a brigau ar lawr, a adewid wrth giatiau tai lle roedd croeso i'w gael. Mae'r croeso yma yn cyd-weddu ag atgofion cydnabod Elena Puw Morgan amdani fel gwraig llawn gofal a thosturi tuag at anffodusion cymdeithas, a'i greddf bob amser i'w cynorthwyo.

Roedd gan Elena Puw Morgan ddiddordeb arbennig yn hanes a diwylliant y sipsiwn Romani. Roedd ardal Corwen yn rhan o gynefin traddodiadol Teulu Abram Wood, neu'r Hen Deulu, fel y gelwid tylwyth Romani mwyaf amlwg Gogledd Cymru yn y bedwaredd ganrif ar bymtheg a'r ugeinfed.[10] Roedd gan y teulu hwn gysylltiadau clós â siroedd Meirionnydd, Dinbych a Threfaldwyn, ac roedd pobl Corwen a'r ardal yn gyfarwydd iawn â nhw, ac â'r hanesion trawiadol

9: Owen; Kate Roberts, 'Marw Nofelydd', *Y Faner* 31 Awst 1973, t. 1. Diolch i Sioned Bowen am dynnu ein sylw at yr ysgrif hon. Ymddangosodd y coffâd yma ar ben tudalen flaen *Y Faner*, fel a wnaeth hysbysiad cyntaf y papur am farwolaeth Elena Puw Morgan yr wythnos gynt, hefyd o dan y teitl 'Marw Nofelydd', *Y Faner* 24 Awst 1973, t. 1.
10: Gweler Eldra Jarman ac A.O.H. Jarman, *Y Sipsiwn Cymreig* (Caerdydd: Gwasg Prifysgol Cymru, 1979), a gwaith diwygiedig ac estynedig diweddarach yr un awduron, *The Welsh Gypsies: Children of Abram Wood* (Caerdydd: Gwasg Prifysgol Cymru, 1991).

amdanynt.[11] Mae sôn i Elena Puw Morgan ddod i adnabod ac ymweld ag aelodau o'r tylwyth, a dysgu am eu ffordd o fyw, rhywbeth a fuasai'n beth anghyffredin tu hwnt i wraig ddosbarth canol o'r dref. Yn sicr, roedd sail i'r nofel *Nansi Lovell: Hunangofiant Hen Sipsi* (1933) ym mhresenoldeb Teulu Abram Wood yn ardal Corwen, a gwybodaeth Elena Puw Morgan amdano. Mae llawer o ddisgrifiadau *Nansi Lovell* o fywyd y Teulu yn cyd-daro'n union a manwl â chofnodion hanesyddol o'r cyfnod.[12] Crybwylla Nansi er enghraifft, fel yr haneswyr, arfer ei thylwyth o fyw mewn pebyll o wrthbanau yn hytrach na charafanau a phreswylio mewn ysguboriau neu fythynnod o bryd i'w gilydd yn y gaeaf; talentau cerddorol yr Hen Deulu; y *phuri dai*, neu'r 'hen wraig' ddylanwadol; agweddau matriarchaidd ar strwythur y gymuned Romani, ac arferion a defodau cymhleth parthed marwolaeth, galar a glendid.

Dichon bod Elena Puw Morgan wedi ei hysbrydoli yn ogystal gan ddiddordeb ysgolheigaidd a diwylliannol y cyfnod yn hanes a diwylliant y Romani. Daeth y rhain i sylw darllenwyr o'r bedwaredd ganrif ar bymtheg ymlaen trwy waith awduron fel George Borrow ac ieithwyr a ymddiddorai

11: E.e. H. Francis Jones, 'Y Sipisiwns Cymreig: Atgofion am danynt [sic] yn y Bala', *Y Seren* 23 Hydref 1926, sy'n sôn ymysg eraill am deuluoedd Lovell a Lee sy'n ymddangos yn *Nansi Lovell*; Jarman a Jarman, *Y Sipsiwn Cymreig*, e.e. tt. 83-86; *The Welsh Gypsies*, tt. 83-90.
12: Cf Jarman a Jarman.

yn y Romani Cymreig, ymysg eraill.[13] Ar yn un pryd, mae haneswyr y Romani Cymreig, fel Eldra ac A.O.H. Jarman, eu hunain yn cyfeirio yn eu tro at y fath weithiau.[14] Diddorol fuasai ymchwilio ymhellach i'r cefndiroedd yma i *Nansi Lovell* a'u gweadau rhyngdestunol.

Felly os mai cul mewn rhai ystyron oedd magwraeth Elena Puw Morgan, nid cyfyng o gwbl oedd ei gorwelion na'i chyfeillion a'i chydnabod fel oedolyn. Roedd hi'n naturiol eangfrydig a chyfrifai ymhlith ei ffrindiau rai o aelodau mwyaf di-freintiedig a thlawd ei chymdeithas yn ogystal â llenorion a gwleidyddion yr ardal. Mae'n debyg i'r anian hon fod wedi bod yn rhan o'r symbyliad i ddod yn Ynad Heddwch yng Nghorwen yn nes ymlaen yn ei bywyd. Yn rhinwedd y swydd honno, ymysg pethau eraill, ymddangosai ei henw uwchben drws pob tŷ tafarn a bwyty trwyddedig yn yr ardal: rhywbeth a ymddangosai'n annisgwyl dros ben mewn perthynas â'i hymroddiad oes i Ddirwestaeth. Cofiodd Dyddgu Owen hefyd ym 1973 am Elena Puw Morgan, '[p]an glywais ei bod yn yr ysbyty yng Ngobowen doedd o'n syndod yn y byd gennyf fod y cleifion yno yn edmygu ei ffordd ddewr o frwydro yn erbyn ei hafiechyd, ac, yn rhyfeddu at ei

13: Cf H. Francis Jones; hefyd gweler e.e. y llun 'Y Sipsi' gan Llew. E. Morgan, yn *Y Llinyn Arian: I Gyfarch Urdd Gobaith Cymru*, gol. Evan D. Jones, R.L. Gapper, Thomas Jones, D. Myrddin Lloyd ac William Williams (Aberystwyth: Urdd Gobaith Cymru, 1947), t. 52; llyfryddiaethau Jarman a Jarman. Un cyd-destun posib yw'r gyfrol adnabyddus yn ei dydd, *The Gypsy Life of Betsy Wood* gan M. Eileen Lyster (1926), cofiant nofelistig gwraig hanesyddol o Romani o Ogledd Cymru sy'n cyfeirio at Gorwen a nifer o themâu sy'n gyffredin rhwng *Nansi Lovell* a gwaith Jarman a Jarman.

14: Er nad oes posib profi i sicrwydd pa weithiau o'r fath a feddai Elena Puw Morgan a'i theulu, oherwydd bod llyfrgelloedd Islwyn ac Annedd Wen bellach wedi eu chwalu, deniadol yw'r syniad o olrhain ei hymchwil posib ymysg y fath gyhoeddiadau.

chymeriad ac at ei hwyl heintus a oedd yn ddigon i godi calon pawb o'i chwmpas.'

Ysgrifennu ar gyfer plant oedd Elena Puw Morgan i ddechrau. Cyhoeddoedd yn ôl Marian Elis un ar bymtheg o straeon byrion mewn cyfnodolion fel *Cymru'r Plant, Y Cymro, Y Seren, Y Faner* a'r *Tyst.*[15] Cyfrannodd hefyd y stori 'Anrheg Neifion' at y flodeugerdd lenyddol *Y Llinyn Arian* (1947), a gyflwynwyd i Urdd Gobaith Cymru ar ei bumed penblwydd ar hugain.[16] I blant yr ysgrifennodd ei nofel gyntaf dan ei henw morwynol Elena Puw Davies, sef *Angel y Llongau Hedd* (1931), am fyd a hanes y cenhadwr John Williams.[17] Enillodd *Tan y Castell: Stori o Ddyddiau Brwydrau Siarl a Chromwell yn Sir Benfro* wobr y nofel i blant yn Eisteddfod Genedlaethol Llanelli ym 1930, ac fe'i cyhoeddwyd yn 1936.[18] Gwobrwywyd un arall o'i llyfrau, *Bwthyn Bach Llwyd y Wig*, am eneth fach a'i pherthynas â byd natur, yn yr un gystadleuaeth yn Eisteddfod Abergwaun ym 1936.[19] Er y bu cynlluniau ar y gweill i gyhoeddi'r llyfr am y bwthyn bach wedi hynny, fe'u rhwystrwyd yn y pen draw gan gychwyn yr Ail Ryfel Byd, ac yn ei sgîl brinder adnoddau i ddarparu'r lluniau oedd yn wreiddiol arfaethedig.[20]

Enillodd *Nansi Lovell* wobr yn Eisteddfod Caergybi

15: Elis, t. 63; cf R.M. Jones, t. 478.
16: Elena Puw Morgan, 'Anrheg Neifion', yn Jones, Gapper, Jones, Lloyd a Williams, tt. 37-42.
17: Elena Puw Davies, *Angel y Llongau Hedd* (Llundain: Cymdeithas Genhadol Llundain, 1931).
18: Elena Puw Davies, *Tan y Castell: Stori o Ddyddiau Brwydrau Siarl a Chromwell yn Sir Benfro* (Aberystwyth: Gwasg Aberystwyth, 1937). Elis, t. 63.
19: R.M. Jones, t. 478.
20: Cf Elis, t. 63.

(1927), a'i chyhoeddi wedyn ym 1933. Amlygir llwyddiant y nofel fer hon gan y ffaith iddi gael ei hail-argraffu ddwywaith, yn 1934 ac eto ym 1938. Dilynwyd N*ansi Lovell* gan ddwy nofel fwyaf adnabyddus yr awdures. Rhoddwyd gwobr y Brif Nofel yn Eisteddfod Abergwaun (1936) i'r *Wisg Sidan* a chyhoeddwyd hi ym 1939. Enillodd *Y Graith* y Fedal Ryddiaith yn Eisteddfod Caerdydd ym 1938, yr ail dro i'r Fedal gael ei chyflwyno. Ar y pryd dim ond pob tair blynedd y cyflwynid y Fedal, am waith rhyddiaith gorau'r tair blynedd, ac Elena Puw Morgan oedd y ferch gyntaf i'w hennill. Rhaid fyddai aros tan 1960 a gwaith Rhiannon Davies Jones cyn gweld merch arall yn cyflawni'r gamp honno. Y beirniad oedd D.J. Williams, a ysgrifennodd yn ei feirniadaeth:

> Dyma nofel y cefais hyfrydwch gwirioneddol wrth ei darllen o'r dechrau i'r diwedd. Yma ceir meistr y gelfyddyd yn trin ei ddefnyddiau yn hamddenol ac i bwrpas. […] Fe'i hysgrifennwyd mewn arddull wych, ac y mae'n gyfoethog mewn geiriau a thermau gwerin y talai wneuthur geirfa fechan ohonynt. [...] yr wyf o'r farn fod y gwaith hwn yn gyfraniad pwysig i fyd y nofel yng Nghymru, ac y bydd iddo le arhosol yn ein llenyddiaeth.[21]

Cyhoeddwyd y nofel wedyn ym 1943, er gwaethaf y rhyfel. Prif gyfnod llenyddol Elena Puw Morgan oedd y blynyddoedd 1931-43. Roedd yn un hollbwysig o safbwynt personol hefyd, oherwydd 1931 oedd blwyddyn ei phriodas, ac ym 1933 y

21: D.J. Williams, 'Nofel, heb fod dros 50,000 o eiriau – yn darlunio'r cyfnewidiadau diweddar ym mywyd Cymru. […] Beirniadaeth Mr. D.J. Williams', *Eisteddfod Genedlaethol Caerdydd 1938: Barddoniaeth a Beirniadaethau*, gol. W.J. Gruffudd a G.J. Williams (dim man: Cyngor yr Eisteddfod Genedlaethol, 1938), tt. 130-34, t. 134.

ganed ei merch, amgylchiadau a gyfrannodd yn sicr at ei diddordeb bryd hynny mewn ysgrifennu i blant, ac i enethod yn enwedig. Hynod oedd ei chreadigrwydd toreithiog yn y ddeuddeng mlynedd hynny, er gwaethaf gorchwylion, ac atyniadau, bywyd teulu bach, rhywbeth sy'n tanlinellu ei phenderfyniad a'i hymroddiad eithriadol i lenydda. Cymaint yn fwy trawiadol felly yw'r ffaith iddi roi'r gorau i gyhoeddi yn fuan wedyn, ac nad ymddangosodd yr un gwaith mawr arall ganddi ar ôl 1943. Cofiai Dyddgu Owen wrth ddarllen nofelau Elena Puw Morgan 'obeithio fod gennym ferch o nofelydd fyddai'n [d]atblygu'n George Eliot neu'n Charlotte Bronte [sic] […] gan mai cynnyrch Eisteddfod oedd y nofelau, teg oedd casglu mai bwrw prentisiaeth oedd eu hawdur. […] Beth bynnag oedd y rheswm nyni sydd biau'r golled. […] pe buasai wedi dal ati byddai gennym heddiw nofelydd o fri.'[22] Yn fwy diweddar, meddai'r awdures gyfoes Sioned Lleinau Jones, '[d]iau i'r golled o'r herwydd fod yn un fawr.'[23] Ac yng ngeiriau Marian Elis, '[y]n Elena Puw Morgan gwelodd Cymru egin nofelwraig fawr a fyddai wedi tyfu'n ddylanwad aruthrol ar lenyddiaeth ein gwlad pe bai wedi datblygu i'w lawn dwf (t. 66)'; '[b]u'r golled i lenyddiaeth Gymraeg yn enfawr.' (t. 61)

Roedd dau brif reswm am ddiwedd gyrfa Elena Puw Morgan fel awdur fwy neu lai cyn ei deugain oed. Y cyntaf o'r rhain oedd dyletswyddau cartref a theulu. Bu hi'n gofalu yn annwyl iawn am ei rhieni, oedd yn byw yn Annedd Wen yn eu hen oed, ei hewythr, ei modryb ac yna John Morgan, a fu fyw mewn iechyd gwael nes ei fod yn ddeg a phedwar ugain oed. Un arall a ofalodd hi amdano yn ei henaint oedd

22: Owen.

23: Sioned Lleinau Jones, 'Rhagymadrodd', yn Elena Puw Morgan, *Y Wisg Sidan* (Llandysul: Gomer, 1995), tt. v-x, t. x.

gwas gynt ar fferm y Brithdir.[24] Dyma aelwyd plentyndod Kate Davies a chartref oes hefyd i chwaer Kate, Margaret Roberts (née Ellis), a'i gŵr Seth Roberts.[25] Pan fu farw Margaret Roberts fel gwraig weddw ganol y pedwardegau, yn ôl yr hen arfer wledig, aeth y gwas yntau, yn hen lanc, i Annedd Wen i fyw at ddisgynyddion y teulu. Mawr iawn oedd ymrwymiad a gofal Elena Puw Morgan am bob un ohonynt. Yn fuan wedi marw John Morgan, trawyd hi ei hun gan glefyd riwmatig difrifol, a bu hithau yn sâl iawn am flynyddoedd tan ei marwolaeth ym 1973.

Yr ail reswm dros ddiwedd cynamserol llenydda Elena Puw Morgan oedd ei gwyleidd-dra cynhenid, a phetrusder rhywun na chafodd gwblhau ei haddysg ffurfiol. Fel y sylwa Marian Elis, un ai ar wahoddiad neu gomisiwn cyhoeddwr neu olygydd yr arferai ysgrifennu gan amlaf, neu ar gyfer cystadlaethau Eisteddfodol, a byddai'r fath anogaeth a fframwaith yn rhoi cefn iddi greu.[26] Cafodd ymateb llai positif rhai yn y Gymru lenyddol tuag at ei gwaith effaith fawr arni. Bu ambell unigolyn dylanwadol yn feirniadol iawn o'i gwaith yn gyhoeddus, gan ei gyhuddo o fod yn rhy boblogaidd, hynny yw, mae'n debyg, ddim yn ddigon uchel-ael, neu'n ddigon modern. I gymeriad fel un Elena Puw Morgan, roedd y fath feirniadaeth yn brifo i'r byw. Er gwaethaf y ganmoliaeth uchel oedd hi'n ei derbyn gan feirniaid Eisteddfodol, a brwdfrydedd darllenwyr cyffredin

24: Dichon mai dyma'r sawl y cyfeirir ato ychydig yn gamarweiniol felly fel 'hen ŵr digartref y tosturiodd [Elena Puw Morgan] wrtho a'i dderbyn ar ei haelwyd' gan Elis, t. 62. Dyfynnir hefyd gan Jones, t. 479.
25: 'I S.R. ac M.J.R.', sef yn ddi-os Seth a Margaret Roberts, y cyflwynwyd *Tan y Castell*, dim t.. Ymddengys y Brithdir yn ffugenw Elena Puw Morgan, 'Y Tir Brith', pan gystadleuodd yn Eisteddfod Caerdydd 1938 gyda'r *Graith*.
26: Elis, t. 63.

tuag at ei gwaith, collodd bob hyder yn ei gallu. Trueni mawr na chafodd y profiad o ysgrifennu yn y Gymru gyfoes, lle mae'r rhan fwyaf o feirniadaeth ac adolygiadau yn gadarnhaol; a da hynny.

Ond mae lle pwysig i Elena Puw Morgan yn hanes llenyddiaeth Gymraeg fodern. Yng ngeiriau R.M. Jones, hi 'yw cymhares fwyaf dawnus Kate Roberts nid yn unig wrth hawlio lle i'r ferch yn ein rhyddiaith storïol yn y cyfnod hwn, eithr yn bwysicach wrth ddod â benyweidd-dra i ledu amrediad chwaeth a gweledigaeth ein llenyddiaeth.' (t. 482) Ac meddai Kate Roberts ei hun ar farwolaeth yr awdures: 'Yn natblygiad y nofel Gymraeg bydd yn rhaid cyfrif ei nofelau hi yn rhan bwysig ohono.'[27]

Adlewyrchir y clod yma ym mharhad diddordeb darllenwyr, a gwyliwr, yn ei gwaith. Wedi cyfnod o ddiffyg sylw cymharol, cafwyd ail-agraffiad o'r *Wisg Sidan* i lyfrgelloedd ym 1969, darllediadau radio o'i nofelau yn y 1970au a'r 1980au, ac argraffiadau newydd o'r *Wisg Sidan a'r Graith* gan Wasg Gomer yn y 1990au, mewn cysylltiad â'u ffilmio ar gyfer S4C ar y pryd.[28] Dilynodd addasiad i'r sgrîn o *Nansi Lovell*, ac mae'r pedwerydd argraffiad presennol hwn o'r nofel yn dyst i'w hapêl parhaus.

Serch hynny, un 'na chafodd ei haeddiant gan y beirniaid [...] yw Elena Puw Morgan.'[29] Dim ond ychydig o sylw manwl a roddir i'w gwaith mewn beirniadaeth lenyddol, a hynny yn bennaf o'r 1990au ymlaen, ac eithrio cyfraniadau

27: Roberts.
28: Gweler n. 2, n. 26 uchod. Diweddarwyd y ddwy gyfrol gan Catrin Puw Davies.
29: R.M. Jones, t. 477.

mwy sylweddol R.M. Jones a Marian Elis o'r 1980au.[30] Yn aml mewn beiriniadaeth lenyddol, pan fo'n crybwyll Elena Puw Morgan, yn gryno a wneir hynny. Mae ei gwaith felly yn bwnc eang sy'n gwahodd ymchwil o bwys. Diddorol hefyd fuasai olrhain yn fanylach ymatebion beirniadol i'w gwaith. Tuedda sawl traddodiad mewn hanes llenyddiaeth i neilltuo safle ymylol i ysgrifennu gan ferched, yn enwedig pan fo, fel llawer o waith Elena Puw Morgan, ar gyfer plant neu'n ymwneud â hwy, ac â manylion bywyd bob-dydd, neu pan yr ymddengys mewn ffurfiau byrion a byrhoedlog ar yr olwg gyntaf – neu mewn arddulliau poblogaidd (digon poblogaidd, yn wir, yn achos Elena Puw Morgan, i ysgogi creu rhaglenni radio a ffilmiau). Ond nid yw'r fath nodweddion yn llyffethair i'r llygad ffeministaidd mwy cyfoes, fel y dengys diddordeb beirniadol diweddar o'r fath, llawer ohono gan ferched, yng

30: Gweler e.e. Delyth A. George, 'Llais Benywaidd y Nofel Gymraeg Gyfoes', *Llên Cymru* 16 (1990-91), tt. 363-82 a 'The Strains of Transition: Contemporary Welsh-Language Novelists', yn *Our Sisters' Land: The Changing Identities of Women in Wales*, gol. Jane Aaron, Teresa Rees, Sandra Betts a Moira Vincentelli (Caerdydd: Gwasg Prifysgol Cymru, 1994), tt. 199-213, t. 200; Katie Gramich, *Twentieth-Century Women's Writing in Wales: Land, Gender, Belonging* (Caerdydd: Gwasg Prifysgol Cymru, 2007), tt. 55-105; Mair Rees, *Y Faneg Goch a'r Lawes Wen: Y Corff Benywaidd a'i Symbolaeth Mewn Ffuglen Gymraeg gan Fenywod* (Caerdydd: Gwasg Prifysgol Cymru, 2014), t. 31, t. 52; John Rowlands, 'The Novel', yn *A Guide to Welsh Literature* c1900-1996, gol. Dafydd Johnston (Caerdydd: Gwasg Prifysgol Cymru, 1998), tt. 159-203, tt. 170-71; *An Encyclopedia of British Women's Writing 1900-1950*, gol. Faye Hammill, Ashlie Sponenberg ac Esme Miskimmin (Basingstoke: Palgrave Macmillan, 2006), t. 274; 'Elena Puw Morgan', yn *Cydymaith i Lenyddiaeth Cymru*, gol. Meic Stephens (Caerdydd: Gwasg Prifysgol Cymru, 1997), t. 511; 'Elena Puw Morgan', yn *The Oxford Companion to the Literature of Wales*, gol. Meic Stephens (Rhydychen ac Efrog Newydd: Oxford UP, 1986), t. 405.

ngwaith Elena Puw Morgan.[31] Mae'r oes ddeallusol yn newid, erbyn heddiw, o'i phlaid.

Deunydd *Nansi Lovell*, fel *Y Wisg Sidan* a'r *Graith* ar ei hôl, yw bywyd a sefyllfa gwahanol ferched yng nghefn gwlad Cymru, ynghyd ag ymdriniaeth o'r oes yr oeddynt yn perthyn iddi, a'r newidiadau cymdeithasol enfawr oedd ar droed yn y Gymru wledig bryd hynny. Fel y dywed Kate Roberts am Elena Puw Morgan, '[y]r oedd ei mynegiant yn wahanol iawn i fynegiant storïau heddiw. Cymraeg gwlad Edeyrnion oedd ei Chymraeg, a hwnnw'n Gymraeg â blas y tir arno. Y cymeriadau hefyd yn gymeriadau ac aroglau'r pridd arnynt.[32]' Neu yn ôl R.M. Jones, 'Elena Puw Morgan yn anad neb a ddarluniodd mewn nofelau ac ar ei lawnaf y bywyd Cymraeg gwledig' (t. 485). Disgrifia fyd cwbl wahanol i'r Gymru drefol lawer mwy soffistigedig yn ne Cymru a geir yng ngwaith rhai awduron eraill a gyhoeddwyd tua'r un cyfnod neu dim ond ychydig flynyddoedd wedyn, megis Kate Bosse-Griffiths: gellid yn hawdd feddwl ar yr olwg gyntaf bod canrif yn eu gwahanu.

Yn wir, awgryma R.M. Jones: '[o] ran dull a thestun, i'r cyfnod cyn 1936 y perthyn yr awdures hon yn sicr felly [...] hiraethu y mae hi am y bywyd gwledig a ddiflannodd, a'i Chymraeg hi'n costrelu'r hen briod-ddulliau a fu' (t. 478). Ond mae'r argraff hon yn hollol dwyllodrus. Fel y nododd sawl beirniad er enghraifft, prin a dibwys ydy'r sylw a roir i grefydd yn yr un o'r tair nofel, yn wahanol i'r hyn a ddisgwyliem gan awdur sy'n driw i'r gorffennol.[33] Sylwodd Dyddgu Owen, hefyd, mai nofelau cyfnod oedd *Y Wisg Sidan* a'r *Graith*, ond mai '[s]wydd nofelydd yw pwyso a mesur y

31: Gweler n. 33 uchod.
32: Roberts.
33: R.M. Jones, t. 478; Elis, t. 65; Sioned Lleinau Jones, t. vi.

natur ddynol ac mae'r modd y gwneir hyn yn newid o genhedlaeth i genhedlaeth – ni fuasai Elena Puw Morgan byth bythoedd wedi dal ati i sgrifennu yn ôl y rysait a oedd mor boblogaidd ar y pryd', â'r byd yn symud yn ei flaen.[34]

Ac nid yw'r gweithiau yma yn mawrygu'r gorffennol ychwaith. Yn hytrach, maent yn datguddio yn ddi-drugaredd a hollol an-sentimental anfoesoldeb a chreulondeb y gymdeithas a ddarlunnir, mewn modd sy'n ymddangos yn gwbl fodern. Nid hiraethu y mae awdur *Y Graith* a'r *Wisg Sidan*, ond dadlennu caledi a brwydr bywydau merched tlawd yng nghefn gwlad Cymru. Yn wir, nid gor-ddweud mo hawlio bod y nofelau yma ymhell o flaen eu hoes. Yn *Y Wisg Sidan*, mae beirniadaeth hallt ar gamdrin rhywiol merch amddifad sy'n ddim ond plentyn ar ddechrau'r hanes ac yn agored dros ben i niwed; mae yma awgrym cynnil ym mhortread y cymeriad am yr hyn a elwid heddiw yn anawsterau dysgu. Mae'r *Graith* yn fwy rhyfygus fyth, wrth dorri tabŵ yngylch delfrydau am famolaeth sydd yn dal hyd yn oed heddiw. Yn hanes llai trychinebus *Nansi Lovell*, mae'r her i gonfensiynau cymdeithas yn fwy cudd. Ond maent yno'n ddi-os ym mhortread y nofel hon o wraig lwyr annibynnol, sy'n gwrthod priodas a mamolaeth barchus pan fônt yn bygwth ei llethu, ac yn ymgydio yn eiddgar a hollol hyderus â grym, â rhyddid – ac â'r ysgrifbin.

Mererid Puw Davies ac Angharad Puw Davies

34: Owen.

YSTYRON RHAI GEIRIAU ROMANI

dukkeripen	ffortiwn
gorgio (g)	heb fod yn sipsi
gorgie (b)	"
cauji	"
daia	mam
isha dandi	term anwyldeb
diri dandi	"
pirani	"
bita pirani	"
phuri dai	nain
rashai	person, rheithor
griengroes	gwerthwyr ceffylau
chies	genethod
chals	bechgyn
mullos	ysbrydion
chavi	merch
chavo	bachgen
posh courna	hanner coron
Kaulo Camloes	y Lovells
tarno rye	gŵr bonheddig ifanc
kairengros	rhai yn byw mewn tai
Romani	sipsi
raia	boneddiges

NANSI LOVELL

LLYTHYR

I NANSI WYN, MERCH IEUENGAF PLAS MADOG, ODDI WRTH NANSI LOVELL, Y SIPSI

Ie, 'merch i, yr hen sipsi a welaist ti ddoe yn eistedd wrth ddrws ei charafan â chetyn yn ei cheg, sydd yn ysgrifennu atat. Yr hen wraig grom, hagr y croesaist ti ei llaw â dau bisin swllt am iddi fwmian ei thryblith o Gymraeg a Saesneg, a dim iaith yn y byd, yn ffortiwn i ti, sydd yn ysgrifennu mewn cystal Cymraeg ag a ddysgaist tithau, mi wranta. 'Does ryfedd gen i dy fod yn synnu fel yr oeddit yn synnu bod yr hen wraig yn gwybod dy hanes di cystal. Ond pe baet ti wedi sylwi'n fanylach, ti welit nad tinsel a chopor, fel eiddo'r merched eraill, oedd clust-dlysau a modrwyau'r hen wraig. Y mae'r diamwnt sydd yn fy nghlustiau i yn well na dim sydd gan dy fam; ac ni ddeil y fodrwy a wisgit ti ddoe, i'w chymharu â'r salaf sydd ar fy llaw i. Ond cei farnu hyn drosot dy hun. Pan dderbynni di'r llythyr hwn, bydd Nansi Lovell wedi darfod â'r unig bethau a gadwodd i'w hatgofio am a fu, a daw'r tlysau yn eiddo i ti, i gofio amdanaf i, – dy Nain.

Dyna! y mae'r dirgelwch ym mywyd dy daid wedi'i egluro. Pa beth a'm cynhyrfa i'w amlygu i ti, ni wn. Efallai mai'r gwallt a'r llygaid duon a etifeddaist oddi wrthyf i, a'th wna mor wahanol i'r rhelyw o'r Wyniaid pryd golau. Efallai i ti dderbyn mwy na hynny oddi wrth y Romani. Pwy a ŵyr? Gwelais fflach yn dy lygaid ddoe a barodd i mi gredu mai ti, ac nid fy mhlant i fy hun, a etifeddodd nwyd a natur Nansi Lovell. Yr wyf wedi dy wylio'n dawnsio drwy'r coed ac yn sefyll i syllu ar y dail a'r blodau, â'r olwg syn, addolgar ar dy wyneb yn gwneud i'm calon lamu gan lawenydd wrth feddwl bod yna efallai Nansi eto ym Mhlas Madog a garai'r un pethau â'r Nansi alltud a fu yno gynt.

Na, na, Madog, nid am fod arnat eisiau enw syml, gwerinol yn lle enwau urddasol y Wyniaid, y bu i ti fynnu bedyddio dy ŵyres ieuengaf yn Nansi, ac nid am ei bod yn ieuengaf y bu i ti ei charu hi yn fwy na neb yn dy henaint oer ac unig. Ti welaist ddelw un a geisiaist ei hanghofio drwy'r blynyddoedd yn llygaid y baban: ac yn chwerthin yr eneth fach clywaist atsain llais a fu'n fiwsig dy fywyd ym mlynyddoedd dedwyddaf dy oes.

Daw amser y medri dithau, Nansi fach, ddal cymundeb â'r marw mor hawdd ag â'r byw – pan weli gysgod porth byd arall ar orwel dy fywyd.

Fel y teimlwn fy nghalon yn ymestyn atat, daeth i'm meddwl yr hoffwn i ti gael gwybod fy hanes. Bydd yn gymorth i ti yn dy fywyd, ac yn esboniad ar lawer peth a deimli yn dy natur yn wahanol i'th frodyr a'th chwiorydd. Bydd yn gysur i minnau nes dyfod yr alwad. Treigla'r amser mor araf yn y garafan yn awr, a minnau'n unig. Rhywfodd, nid oes i mi gysur mwyach gyda'm pobl fy hun, ac eithrio un, ac ni weddwn ychwaith gyda theulu Plas Madog. Caf ddiddordeb wrth ysgrifennu hwn yn awr ac eilwaith, a chredid gan aelodau'r llwyth am ddoethineb uwchraddol (megis y gweddai i'w Brenhines) wrth fy ngweld yn trin papur ac inc am oriau lawer.

Y BENNOD GYNTAF

Ti wyddost, neu yn hytrach ni wyddost, (pa ddiddordeb a fu'r hen deulu tlawd i eilun Plas Madog?) mai hil Abram Wood yw'r llwyth hwn. Er hynny, un o'r Lovells yw eu penaethes. Ie, Nansi Lovell oeddwn i gynt, Nansi Wyn dros dymor byr, ond fel Nansi Lovell y gorffennaf f'oes. Tarddai fy mam o waedoliaeth bur yr Woodiaid. Ymffrostiai dy daid Madog ei fod o linach hen Dywysogion Gwynedd, ond pe mynaswn, gallaswn fod wedi olrhain f'achau i trwy ganrifoedd cyn hynny, o Dywysogion yr India bell.

Nans Wood oedd fy Nain i. Fel arglwyddes Plas Madog bûm yn moesymgrymu o flaen breninesau a thywysogesau, ond nid oedd yr un ohonynt mor frenhinol yr olwg â'm Nain i gynt.

Gwisgai goch bob amser, o sidan neu felfed, a marchogai geffyl uchel, du. Yr oedd golwg mor urddasol arni fel yr ufuddhâi pawb iddi – yn *Romani a Gorgio*. Anaml yr âi hi allan gyda'i basged fel y merched eraill, ond pan ddigwyddai fynd, cai groeso hyd yn oed yn y plasau, a byddai ganddi fwy o aur nag o arian yn dyfod yn ôl. Ond pa raid oedd arni fynd i'w geisio a'r bobl yn tyrru ar ein holau er mwyn cael siarad â Nans Wood? Meddai ar ryw allu rhyfedd iawn i ddweud *dukkeripen*. Yr oedd dylanwad y naill blaned a'r llall yn llyfr agored iddi, ac at hynny medrai ddarllen wynebau. Dywedai ei bod yn well am hyn fel yr heneiddiai, ac yr oedd hynny'n sicr o fod yn wir, canys onid yw'r gallu hwn wedi cryfhau ynof innau hefyd? Nid dwylo pobl sy'n fy ngalluogi i ddweud eu ffortiwn, ond eu hwynebau a'u llygaid. Bu'n rhaid arnaf fynd trwy aml brofiad chwerw cyn i'r reddf ddatblygu. Gobeithion siomedig eich calon eich hun yw'r ffenestri cliriaf i weld i fywydau eraill.

Fy mam – Rebeca – oedd merch ieuengaf Nans, a channwyll ei llygad. Bu iddi hyd yn oed dalu i ysgol-feistri yma a thraw am ddysgu i Rebeca ddarllen ac ysgrifennu. Yr oedd hyn yn rhyfeddod mawr ymhlith y sipsiwn. Ni fedrai'r un aelod arall o'r llwyth gymaint â thorri'i enw. Clywais y byddai Nain ambell dro, pan ddeuai parti o ymwelwyr i gael eu *dukkeripen*, yn galw Rebeca i'r babell, ac yn gwneud iddi ddarllen rhannau o'r Beibl yn uchel, er mwyn i'r dieithriaid ei chlywed fel y cament i mewn.

Bûm mewn llawer chwaraedy yn Llundain, ond welais i neb yno cystal am yr hyn a alwai Madog yn *stage effects*, ag yr oedd Nain. Byddai'n rhaid iddi gael ei phabell i fyny bob amser, rhag ofn i rywrai droi i holi ynghylch y planedau. Gwyddai fod myned ohonynt i mewn i'r dent, allan o oleuni dydd, yn taflu mwy o ledrith tros y peth o lawer, a dyna lle y byddai hithau yn ei chlog goch yn eistedd fel brenhines. Pan ychwanegodd at hyn lais clir Rebeca yn darllen y Proffwydi ni allaf beidio â gwenu wrth feddwl am yr effaith ar y *gorgios* chwilfrydig.

Ni wybûm i gymaint ag enw fy mam am flynyddoedd lawer. Magodd fy Nain fi mor annwyl fel mai prin y sylweddolais fod dim yngholl yn fy mywyd. Yr oedd yn ei bryd hi o'r dechrau i mi ei dilyn fel brenhines y llwyth, a hawliai i mi'r parch a fu'n eiddo fy mam.

YR AIL BENNOD

Cefais blentyndod hapus. Ni chredaf y gŵyr plant y *gorgios* beth yw gwir hapusrwydd. Ysgol a thai yw hi arnynt o hyd, a pha fywyd yw hynny i blentyn? Ond am y *Romani chavos* a'r *Romani chies* cânt hwy brofi melyster bywyd. Eiddynt hwy bopeth – chwarae'n y meysydd a'r coed; adnabod gwisg a chân pob aderyn; dysgu pysgota gan ben-campwyr y grefft honno.

Nid oes bysgotwyr hafal i'r Woodiaid yn bod. Cyfodai chwant chwerthin arnaf yn aml pan ddeuai rhai o ffrindiau Madog i'r Plas – i bysgota! Byddent wedi gwisgo i'r dim at y gwaith, â basgedi, a gwialen, a phlu, a phopeth – ond am bysgota, ni fedrent ddim. Buasai'r hen Harri Wood wedi dal dwsin o frithyllod cyn iddynt hwy osod eu taclau. Gallwn i, hyd yn oed, eu curo o ddigon. Gwneuthum hynny lawer gwaith, ond gwyddwn nad oedd Madog yn fodlon. Gwyddai ef y rheswm am fy medr, a'i gas beth oedd cael ei atgofio amdano. O'r diwedd addewais beidio, ac ni chyffyrddais â bach byth. Yr oedd hynny cyn i wrthryfel fynd yn drech na mi, a phan geisiwn yn gydwybodol fy ngwneud fy hun yr hyn a ddymunai fy mhriod i mi fod.

Ond sôn amdanaf fy hun yn eneth fach yr oeddwn, onide? Rhaid i ti faddau i mi am grwydro weithiau. Nid oes ond yr ieuanc a fedr frysio ymlaen yn syth at y nod, wyddost. Rhaid i'r hen gael sefyll weithiau ac edrych yn ôl ar y ffordd a drafaeliwyd ganddynt.

Âi'r merched allan i werthu nwyddau a dweud ffortiwn, tra byddai'r dynion cyffredin wrthi'n plethu gwiail at fasgedi, neu'n gwneud pegiau. Crwydrai'r *griengroes* o gylch y wlad yn gwerthu neu'n prynu ceffylau, a chaem ninnau'r plant ryddid i chwarae. Eithr nid rhyddid heb amodau mohono. Nid oeddem i gyffwrdd ag eiddo'r ffermwyr, nac i dorri dim byd.

Os deuem o hyd i gymaint â nyth iar, rhaid oedd arnom fynd â'r wyau i'r tŷ fferm ar unwaith. Ni chaem fynd yn agos at y tai ond ar neges, oni bai bod gwahoddiad penodol a dìsgwyliad am ein gweld. Ond pa waeth gennym ni am hynny? Nid oedd arnom eisiau nac wyau nac arall. Caem ddigonedd o fwyd iachus, a chanwaith mwy difyr i ni oedd y caeau a'r ffriddoedd na buarth yr un fferm.

Er ein bod yn llawer o blant, a minnau'n ffrindiau â hwynt i gyd, yr oedd yna un bachgen oedd megis brawd gennyf. Mab i gefnder i'm mam ydoedd, a rhyw bum mlynedd yn hŷn na mi. Byddem gyda'n gilydd ymhob man, a gwae'r neb a wnâi gam â mi os byddai Robin neu Nain yn ymyl. Caem ryw gyfrinach fach i'w dweud wrth ein gilydd bob dydd. Dangosai ef bob nyth a ffeindiai i mi, ac os gwelwn innau rywbeth anghyffredin na fynnwn i'r lleill ei weld, at Robin yr awn. 'Paid a dweud wrth neb, yn na wnei, Robin?' a fyddai hi'n feunyddiol am y pethau mwyaf dibwys. Ac ni ddywedai Robin byth os byddai *Nansi bitti* wedi gofyn iddo beidio. Druan o Robin! Llawer cyfrinach bwysig a gadwodd i mi wedi'r dyddiau dedwydd gynt, a minnau'n ddigon hunangar i ofyn iddo wneud hynny heb ystyried fy mod yn dolurio'i galon yr un pryd.

Yr oedd gan Robin frodyr a chwiorydd iau nag ef, ond myfi a gariai dros leoedd cas, ac a helpiai i bob man. Ni hoffai'i fam mo hynny. Yn wir gwyddwn, er mai plentyn oeddwn, na hoffai hi mohonof finnau ar gyfrif yn y byd, a chasáwn innau hithau o galon. Oni bai bod arni ofn tramgwyddo Nain y mae'n sicr y buasai wedi atal i Robin a minnau gyd-chwarae.

Os casáwn ei fam, gwnawn iawn am hynny drwy garu ei dad. Yn nesaf at Nain, Reuben, tad Robin, oedd orau gennyf o'r holl bobl mewn oed yn y llwyth. Efallai fod a wnelai ei debygrwydd i Robin rywbeth â hyn. Dyn mawr, tal ydoedd, ac wrth edrych arno gallech ddychmygu sut un a fyddai'i fab ymhen deugain mlynedd arall. Byddai'n garedig iawn wrthyf, a chymerai fi gyda Robin ac yntau ar deithiau llawn diddordeb i ni. Gŵyr pob *Romani* hanes natur yn bur dda, ond gwn i a Robin heddiw fwy na neb o'r llwyth, ac i Reuben y mae i ni ddiolch am hynny. Ymhle y cafodd ef gymaint gwybodaeth, ni wn.

Sylwais yn bur fuan yr yswiliai Reuben drwyddo os cyfarfyddem â Betsi wrth ddyfod yn ôl o'r siwrneion hyn. Clywais hi lawer gwaith yn ei ddwrdio, 'Helynt fawr gyda phlentyn y *Kaulo Camloe*, ac esgeuluso dy blant dy hun.'

Gofynnais i Nain ryw ddiwrnod pam y galwai Betsi fi'n *Kaulo Camloe*. Cefais beth braw am iddi fy ateb mor wahanol i'w harfer. Dywedodd wrthyf am beidio â holi a gwrando cymaint, fel nad oeddwn ddim doethach er gofyn. Y prynhawn hwnnw sylwais ar Nain yn galw Betsi ati i'r dent. Ni wn ai dyna oedd testun eu sgwrs, ond ni chlywais i mo Betsi'n sôn am *Kaulo Camloe* wedyn tra bu Nain byw, er iddi fy nghyfarfod i a Reuben a Robin lawer gwaith wedi hynny.

Yn nesaf at grwydro'r coed gyda Robin, hoffwn eistedd wrth y tân i wrando ar bawb yn adrodd stori yn eu tro. Min nos yn y gwanwyn neu'r hydref byddai'n ddymunol iawn. Yn lle dilyn dull y sipsiwn Seisnig o fyw mewn carafan, ein harfer ni yr adeg honno oedd cario'n clud ar gefnau ceffylau neu fulod, a naill ai codi tentiau at y nos, neu ofyn caniatâd i aros mewn rhyw ysgubor neu'i gilydd. Yna cyneuem dân mawr yn yr awyr agored, mewn llecyn cysgodol. Dyma i ti olygfa hardd oedd gweld y *Romani* i gyd yn eistedd neu orwedd o gylch y tân hwnnw, a'r tecell a'r crochanau'n hongian uwch ei ben ar farrau cryf o haearn. Gwisgai'r dynion a'r merched gymaint yn fwy lliwgar a thlws yr adeg honno, pan ganlynem ein ffasiwn ein hunain yn lle ceisio dilyn un y *gorgios*, fel y gwneir yn awr.

Dechreuai Nain gyda stori; yna deuai'n dro un o'r dynion

hynaf, ac felly ymlaen o noson i noson. Gwir bod yr un straeon yn gwneud, dro ar ôl tro, ond byddem ni'r plant yn eithaf bodlon arnynt. Fel hyn dysgais gyfrolau o hen chwedlau, traddodiadau, ac ofergoelion Romanaidd, a gallaf innau'n awr ddiddori'r cylch o gwmpas y tân cystal â neb.

Byddwn weithiau'n difyrru'r cwmni cinio ym Mhlas Madog â'm straeon, ac yn Llundain un tro dywedodd un ohonynt fod Lady Wyn yn 'simply marvellous' am ddweud straeon, a gorfu i mi adrodd rhai yno, yn nhŷ'r Dduces Cleve. Yn anffortunus soniais am ofergoelion, a dywedais am rai ohonynt fy mod yn eu credu. Achosodd hyn ddifyrrwch mawr i'r cwmni, ond ffromodd Madog yn aruthr, a chyhuddodd fi o'i iselhau ef drwy adrodd pethau anwar. Felly y daeth terfyn ar fy straeon, fel ar fy mhysgota.

Y DRYDEDD BENNOD

Un noson o gylch y tân, aeth yn sôn am arferion dyweddïo. Dywedodd rhywun mai defod un llwyth oedd gwneud i'r pâr ieuanc dorri cangen fechan rhyngddynt. Os torrid y gangen yn lân, priodent; ond os cenglog a fyddai, nid unid hwy byth; a chafwyd amryw straeon i brofi'r goel.

Trannoeth bu Robin a minnau'n pysgota drwy'r bore. Wedi cinio aethom i ben bryn gerllaw. Yr oedd yn brynhawn poeth a ninnau wedi blino wrth ddringo a chwarae. Gorweddasom ar y glaswellt. Un o'n hoff driciau oedd gorwedd felly mor llonydd ac mor ddistaw nes deuai'r cwningod allan o'u tyllau a dechrau chwarae o'n cwmpas. Felly y bu'r prynhawn hwn, ac yn fuan yr oedd y llechwedd yn frith ohonynt, yn neidio ac yn campio fel pe na bai neb yno.

'Pe baem yn *gorgios*,' ebe Robin, pan flinasom ar fod yn ddistaw, ac edrych ar y creaduriaid, 'ni ddeuai'r un wningen yn agos atom.'

'Onid yw hynny'n rhyfedd?' meddwn innau. 'Ni fynnwn i er dim a bod yn *gorgie*.'

'Na finnau,' meddai Robin. 'Ni wn yn y byd sut y gall y *kairengros* fyw, heb sôn am fod yn hapus.'

Gwyddwn i fwy na Robin am hyn. Ar aeaf caled arferai Nain gymryd tŷ bychan yn y wlad iddi hi a minnau, ond ni wnaethai Reuben a Betsi erioed mo hynny. Rhwng gorfod byw heb Robin a byw mewn tŷ, byddai pob mis o'r amser hwn megis blwyddyn i mi.

Euthum ymlaen gan ddilyn fy meddyliau fy hun, 'Pan dyfaf yn fawr, nid wyf i byth am fyw mewn tŷ.'

Cydsyniai Robin.

'Pan awn ni'n fawr,' meddai, 'mi briodwn ni, a chawn dent yn yr haf, a charafan yn y gaeaf.'

Ond gwelwn i anawsterau'n awr.

'Mi gefais i ddrwg gan *phuri dai* am sôn am garafan. Dywedodd y deuai'r *mullos* atom os prynem ni un o'r rheini.'

'O ie,' ebr Robin, 'y mae'n gas ganddi hi garafan, o achos...'

A thawodd yn sydyn, fel pe bai wedi cofio rhywbeth. Wedyn, wrth gwrs yr oedd arnaf ganwaith mwy o eisiau gwybod pam yr oedd Nain yn erbyn carafan. Methais, fodd bynnag, a chael rhagor allan o Robin, ac ni buom erioed o'r blaen mor agos i ffraeo.

'Mi ddywedaf i ti beth,' meddai'n sydyn – i droi'r stori mae'n debyg – 'gad i ninnau dorri brigyn rhyngom, er mwyn dangos ein bod yn mynd i briodi.'

Cloffwn rhwng dau feddwl funud yn gynt a ddigiwn i wrtho ai peidio, ond yr oedd rhywbeth yn bur newydd yn ei syniad, a deuthum ddigon dros fy mondod i ddangos fy niddordeb. Penderfynwyd gan mai wedi nos y digwyddodd y dyweddïo yn y stori, ein bod ninnau'n cyflawni'r seremoni'r noson honno.

Fel y digwyddai, yr oeddem bawb dan wahoddiad i dreulio noson lawen yng nghegin y ffermdy yr hwyrnos hwnno. Cymerai'r dynion bob un ei ffidil, a dawnsiai'r merched a'r plant. Gwrthododd Robin a minnau fynd y tro hwn, er ein bod mor hoff o'r ffidil a'r ddawns â neb o'r cwmni. Yr oedd fy Nain a phobl y fferm yn gyfeillgar iawn, ac felly caem gysgu yn yr ysgubor ganddynt, ac arbed y drafferth o osod y pebyll i gyd i fyny. Heno, gadawyd yr ysgubor i Robin a minnau, gyda chi neu ddau, ac iar a cheiliog dandi, a'n canlynai i bob man.

'Dyma ti, Nansi,' galwai Robin, 'cefais frigyn iawn, ac un onnen at hynny – y mwyaf lwcus o'r prennau i gyd.'

Cydiodd ef â'i fys a'i fawd mewn un hanner o'r brigyn bach , a chydiais innau yn y llall.

'Un, dau, tri,' a thorasom ef.

Syllodd Robin ar ei ddarn ef a golwg siomedig ar ei wyneb.

Prysurais innau i edrych ar f'un i, a deëllais paham yr edrychai fy narpar-ŵr felly. Yr oedd y pren wedi torri'n anwastad iawn, a darn o risgl y llall wrtho.

Ceisiais ei gysuro, 'Paid â hidio, Robin. Nid oes goel ar beth fel yna wyddost. Mi briodwn ni'r un fath yn union a phe bai wedi torri'n syth.'

Yn wyth oed yr oeddwn yn barod i herio holl gredoau'r *Romani*, ond cyn fy mod yn wyth ar hugain, dysgais er fy ngofid, nad gwiw bod yn rhy ddiystyrllyd o ffrwyth profiad y tadau. Nid oedd Robin mor feiddgar â mi.

'Ond ni phriododd pobl y stori, am nad oedd y pren wedi torri'n lân,' meddai.

'Wel' ebe fi o'r diwedd, 'mi ofynnwn ni i dy dad a Nain yfory.'

Trannoeth, a phawb ar gychwyn at eu gwahanol orchwylion, rhedais at Nain, a Robin gyda mi.

'*Phuri dai*,' gwaeddais, 'y mae Robin a minnau'n mynd i briodi pan dyfwn ni'n fawr. Ydych chwi'n meddwl ei bod o bwys nad yw'r brigyn wedi torri'n lân?' a dangosais fy narn iddi.

Edrychai Nain yn ddigon boddhaus arnaf, ond safai Betsi gyda Reuben gerllaw, a dyma hi'n rhoi bonclust i Robin.

'Son am briodi'n wir! Hogyn fel y ti! Dos i hel priciau i mi, y llabwst diog gennyt hefyd, yn meddwl am ddim ond rhedeg o gwmpas o hyd.'

'Chwarae teg i'r bachgen, Betsi,' ebr Nain, 'gad iddo. Y mae'n gystal *chavo* o'i oed â'r un yn y llwyth, ac os yw'r planedau'n fodlon iddo ef a Nansi briodi pan dyfant, ni waeth i ti heb geisio'u rhwystro.'

Troes Betsi i ffwrdd yn ddigllon, gan yrru Robin o'i blaen.

'Ie,' meddai Reuben yn hanner distaw, 'os nad yw'r planedau'n fodlon fe chwelir eu breuddwydion yn ddigon buan.'

Edrychodd Nain arno'n hir heb ddweud gair; yna estynnodd ei llaw iddo, a gwasgodd yntau hi'n dyner.

'Yr un yw'n dymuniad ni'n dau, Reuben,' meddai hi, a gwelais ddagrau yn ei llygaid am y tro cyntaf erioed o fewn fy nghof.

Methwn yn lân a deall beth oedd ym meddwl fy Nain a Reuben y tro hwn. Adroddais yr hanes wrth Robin, ond ni ddeëllai yntau ychwaith, ond credai i'w fam dafodi'i dad yn ddi-drugaredd y noson honno, o'n hachos. Penderfynasom beidio â rhoi llawer o sylw i anlwc y brigyn. Gan na bu neb yn dyst i'r seremoni, yr oedd yn rhesymol tybied nad oedd y gyfaredd yn gweithio.

'Mi ofalwn ni am briodi pan fyddo'r banadl yn eu blodau,' meddwn i, 'ac yna byddwn yn sicr o lwc, heb ddiolch i'r hen frigyn.'

'Ond mi gadwn ni'r darnau yma er hynny Nansi,' ebr Robin, 'er mwyn iddynt ein hatgofio am yr hyn yr ydym ni am ei wneud, wyddost.'

Ac fe gadwodd Robin ei ddarn hyd heddiw. Am f'un i – caf ddweud wrthyt eto beth a ddigwyddodd i hwnnw.

Y BEDWAREDD BENNOD

Treiglodd bywyd ymlaen yn unffurf a thawcl, nes i mi gyrraedd fy neuddeg oed. Y mae'n sicr bod pethau'n newid yn raddol yr amser hwn, ond yr oedd yn rhaid wrth flynyddoedd i ddangos hynny, gan mor araf oedd.

Ni châi Robin a minnau gerdded a chwarae fel cynt. Tyfodd ef erbyn hyn yn llanc cryf, cyn daled â'i dad, a disgwylid iddo wneud ei ran gyda masnach y ceffylau. Ni allwn innau mwyach osgoi yr un noson lawen, gan y byddai pob gwahoddiad i'r ceginau'n gorffen gyda 'a chofiwch ddyfod â'r eneth fach sy'n canu'r ffidil.'

Yr oeddwn, diolch i Reuben, lawn mor fedrus â'r un o'r dynion gyda'r ffidil, a chan nad oeddwn ond plentyn, ymddangosai hyn yn rhyfeddod mawr i'r gwladwyr. Yr oedd Nain hefyd wedi dechrau fy nysgu i gymeryd fy rhan ym mywyd y llwyth.

'Megais dy fam yn rhy debyg i *gorgio*,' meddai wrthyf un tro, 'ac aeth i edrych i lawr ar ei thylwyth ei hun. Yr wyf yn benderfynol na chei di ddim troi felly.'

Dyna'r unig gyfeiriad a wnaeth at fy mam trwy gydol y blynyddoedd hyd yma. Os digwyddwn holi, dywedai fod fy nhad a'm mam wedi marw, a dyna'r cwbl. Ni chlywais yr un aelod o'r llwyth ychwaith yn eu henwi, ac yr oeddwn wedi hen gynefino a bod â Nain, lle yr oedd y plant eraill â rhieni, fel mai anaml iawn y croesent fy meddwl.

Dull Nain o roddi addysg i mi oedd fy nghymryd i lawr at yr afon a dysgu i mi olchi. Buasai'n bur ryfedd gan Neli, golchreg Plas Madog, pan oeddwn i yno wybod bod ei meistres wedi arfer golchi dillad yn wynnach o lawer nag y gwnâi hi, a hynny mewn dwfr oer. Twll wedi'i durio yng ngwely'r afon oedd fy nhwb i, ac yn lle'r hen bowdrau afiach a ddefnyddiai Neli i wynnu – a breuo – dillad, arferwn eu rhwbio ar y cerrig llyfn nes eu bod cyn wynned â'r carlwm. Cas beth gan Neli oedd i mi ddyfod heibio iddi a hithau'n golchi. Clywais ei dynwared yn dweud fy mod yn afresymol o anodd fy modloni gydag ambell beth, ac nad oedd waeth gennyf am bethau eraill pwysicach. Perthynai golchi i'r dosbarth cyntaf. Deliais Neli lawer gwaith yn berwi'r llieiniau bwrdd a'r dillad gwelâu efo'i gilydd; ac nid oedd yn ofalus o lawer am beidio â chymysgu'r llieiniau llestri gyda chadachau eraill. Diau y synnai aml wraig fawr sy'n edrych i lawr yn ddiystyrllyd ar y *Romani* pe gwyddai gymaint sydd ganddi i'w ddysgu oddi wrthynt.

Byddwn wrth fy modd yn golchi yn yr awyr agored fel hyn, a deuthum yn eithaf medrus gyda hwylio bwyd, a gwnio dillad Nain a minnau. Hoffwn pe baet wedi gweld rhai o'r ffrociau a wneuthum i Nain yr adeg hon. Nid oedd y gwaith a welais ar rai o ddillad gwych Llundain yn ddim wrthynt. Sidan croesbar o ddau goch oedd ei ffafret hi, a rhaid oedd gwneud hwnnw'n ffrils drosto i gyd. Golygai wythnosau, os nad misoedd, i wneud ffroc wrth fodd brenhines y *Romani*.

Treuliai Robin a minnau bob munud a gaem wedi'r gwahanol orchwylion hyn yn yr hen ffordd. Gan na chaniatâi Nain i mi fynd gyda'r merched eraill i werthu nwyddau, a dweud ffortiwn, byddai gennyf lawer mwy o amser sbâr nag ef. Gorfodid fi ar adegau felly i grwydro'r caeau fy hunan bach, ond nid oedd llawer o hwyl heb Robin. Pa bleser oedd i mi ddyfod o hyd i nyth bach, twt heb fod yno rywun i mi ei ddangos iddo? A phan ddenwn y cwningod allan i chwarae, nid oedd yno neb i gyd-chwerthin â mi am ben eu campau. Wrth gwrs, gallaswn gael rhai o'r plant eraill yn gwmni pe gofynnwn, ond rywfodd nid oedd neb ohonynt hwy'n deall, fel y deëllai Robin.

Dyma'r adeg y dechreuais ymroi ati o ddifrif i ddysgu darllen ac ysgrifennu. Cawswn ychydig wythnosau o ysgol yn awr ac yn y man pan yrrai'r gaeafau caled Nain a minnau i lochesu mewn tŷ. Gosododd hynny fi ar ben y ffordd gyda'r Egwyddor, a gwaith hawdd oedd perswadio Robin i gario papur a phensel ac ambell lyfr i mi o'r trefi yr ymwelai â hwynt. Araf iawn oedd fy nghynnydd felly, ond wedi misoedd o bendroni cefais grap go lew ar lyfr yn Gymraeg a Saesneg. Gwyddwn na hidiai Nain lawer am i mi dreulio cymaint o amser fel hyn, ond gan na waharddodd fi'n bendant, daliwn ymlaen.

'*Isha dandi*,' meddai un tro, 'nid wyf yn hoffi dy weld yn moedro dy ben fel hyn – ni wna les yn y byd i ti. Dyma fi wedi gyrru ymlaen heb fedru darllen nac ysgrifennu, ac yn well o lawer hebddynt. Pan fydd un yn sgolor garw, ni wêl o byth ymhellach na'i drwyn. Y mae niwl ar bopeth o'i gwmpas iddo. Buasai dy fam druan yn fwy lwcus pe bai'n llai sgolor.'

Cododd y darlun yna o'm mam hefyd yn ceisio diwylliant, fwy o chwilfrydedd nag arfer ynof.

'Dywedwch am fam yr eneth fach wrthyf, *phuri dai*. Wn i ddim o'i hanes hi.'

Ysgydwodd ei phen.

'Na, merch i. Er bod cynifer o flynyddoedd wedi pasio er pan gollais hi, y mae'n rhy anodd gennyf sôn amdani hyd yn oed wrthyt ti. Ni welais gymaint â'i bedd byth. Yr oedd mor gas gennyf feddwl am fynd yn agos i'r ardal. Ac eto, mi hoffwn i ti gael gweld bedd dy fam, ac os gallaf drefnu sut yn y byd, ni awn heibio yno'r haf yma.'

Dywedais y newydd wrth Robin, gan ychwanegu, 'Byddaf yn meddwl ambell dro fod hanes rhyfedd i'm tad a'm mam, ond ni ddywed neb wrthyf. A wyddost ti rywbeth, Robin?'

'Nid wyf ddigon yn hŷn na thi i fod yn gwybod llawer mwy, Nansi. Y tebyg yw nad oes hanes o gwbl ond na fynn dy Nain ei brifo'i hun wrth sôn amdanynt.'

Deëllais arno y gwyddai rywbeth. Ni buasai'i fam fawr o

gadw hanes annymunol ynglŷn â mi oddi wrtho. Ond gan fod yn well ganddo beidio â dweud, nid oeddwn am ei boeni. Yr oeddwn yn llawer tynerach fy nghalon yn ddeuddeg oed, nag y bûm wedyn.

Wedi amryw wythnosau o grwydro ar hyd a lled y wlad, daethom i ardal hollol ddieithr i mi. Yr adeg hon ymddygai Nain yn dra gwahanol i'w harfer, a phrin y siaradai air, hyd yn oed â mi. Wedi gosod y gwersyll i fyny arhosai yn ei thent blancedi am oriau ben bwy gilydd. Yna hwyrach yr âi allan yn sydyn, ac ni welid hi am amser maith. Fel ymhob man, cyrchai llawer ati er mwyn clywed eu ffortiwn gan y 'Frenhines'. Gwrthododd wneud dim â'r mwyafrif ohonynt, ac am y rhai y darllenodd eu ffortiwn, gwyddwn ar eu hwynebau iddi ddarogan trychinebau dychrynllyd iddynt. Yr oedd hyn yn hollol groes i'w harfer. Adwaenai hi'r natur ddynol yn rhy dda i beidio â gwybod bod gweld dyn pryd tywyll ac un arall pryd golau'n ymserchu'n y ferch, yn sicrach ffordd o ddenu sylltau'r genethod, na sôn am ofid a gwae.

Y BUMED BENNOD

Un diwrnod yr oedd Nain i ffwrdd er y bore; Robin gyda'i geffylau mewn ffair ugain milltir oddi wrthym; a minnau heb ddim neilltuol i'w wneud. Yr oeddwn dan orchymyn caeth Nain nad awn i'r pentref, nac yn wir i'w gyfeiriad o gwbl; ond ni ddywedwyd dim am y ffordd arall, ac felly crwydrais ar hyd honno.

Cerddais rai milltiroedd gyda glan yr afon. Yn ddisymwth gwelwn ddau ar y lan yr ochr draw, yn sefyll yn syn wrth bompren a groesai'r llif. Adnabûm hwy – fy Nain a Reuben oeddynt – a gelwais arnynt, yn llawen o'u cwmni, gan gychwyn croesi'r bont tuag atynt. Pan ddeallodd Nain hyn, gwaeddodd yn gyffrous, 'Ar dy fywyd Nansi, na chroesi di mo'r bont yma. Dos yn d'ôl mewn munud, a chroesa'r bont fawr.'

Yr oeddwn wedi croesi'r bont honno bellter yn ôl, a methwn a deall paham na chawn gerdded ar hyd hon yn awr, i arbed amser. Edrychais ar wyneb Nain, a gwelais y byddai protestio'n ofer. Felly'n ôl yr euthum gan adael y ddau'n sefyll yn eu hunfan o hyd. Dyfalwn ar hyd y ffordd ynglŷn â'r olwg ryfedd oedd arnynt, a phaham y safai Reuben a'i ben i lawr a'i het yn ei law. Trannoeth galwodd Nain arnaf ati, ac meddai, 'Cei ddyfod gyda mi am dro heddiw. Gwisg dy ddillad gorau.'

Ufuddheais yn llawen, canys pwysai'r amser yn drwm arnaf y dyddiau hynny heb yr un Robin i ymorol llyfr newydd i mi, nac i ddyfod am dro.

Hanner milltir i gyfeiriad y pentref dyma ni'n pasio'r plasty harddaf a welswn erioed. Cerrig llwydlas oedd ei furiau, ond bod dwy ran o dair ohonynt wedi'u gorchuddio ag eiddew brith. O'i flaen ymledai lawnt esmwyth gyda gwelâu o flodau amryliw wedi'u dotio ar hyd-ddi. Ar fin y nant fach oedd o gylch y lawnt, tyfai llwyni rhododendron yn llawn cnwd coch. Yn y darn tir rhwng y nant a'r ffordd y cerddem arni, tyfai deri talgryf, a guddiai lawer o'r tŷ rhagom. Wrth ddringo i ben y wal ceid golwg gliriach ar y lle drwy agoriad cul yn y coed. A adwaenost ti ef 'y merch i? Y mae'n gartref i ti heddiw, a bu'n fy nghysgodi innau dros dymor.

'Tyrd yn dy flaen Nansi,' dwrdiai Nain, ac ychwanegodd, 'Plas Madog yw hwnna, cartref y Wyniaid. Bu taid i mi yno am flynyddoedd yn delynor i'r teulu. Ond profodd atyniad bywyd y *Romani*'n rhy gryf iddo o'r diwedd, a daeth yn ôl i fyd tlotach, ond mwy rhydd.'

'A oes yna *Romani*'n delynor yno'n awr?' holais.

'Nac oes. Darfu am y ffasiwn i'r plasau gadw telynor tua'r amser hwnnw, ac ni bu yno un byth wedyn. Y mae'n amheus gennyf a fedrent berswadio'r un arall o'r Woodiaid i fyw'n eu Plas ychwaith. Pam y rhaid i *Romani* roddi ei ryddid i fyny, er ennill arian yr un *gorgio*?'

'*Phuri dai*, a yw hi'n amhosibl i un o'r Woodiaid fyw gyda'r *gorgios*.'

'Fydd gwir *Romani* ddim yn fodlon aros o'i gynefin am byth. Efallai yr erys flynyddoedd fel fy nhaid, ond y mae galwad natur yn siwr o drechu yn y pen draw, ac yn ôl y daw.'

Gwelais ein bod ar lwybr yn arwain i fynwent y pentref, a chofiais am addewid Nain i ddangos bedd fy nhad a'm mam i mi. Gwyddwn na byddwn fawr gwell o'i holi, ac nid oedd dim i'w wneud ond ei chanlyn hi'n ddistaw. Sylwais ar fedd yn y gornel bellaf ar unwaith, ond ni ddychmygais am foment mai hwnnw oedd y bedd a geisiem ni, oherwydd gorchuddid hwn â'r blodau drutaf. Ond ymlaen ato yr aeth Nain, a chlywais hi'n mwmian, 'Y mae Reuben wedi bod yma heddiw eto.'

Methwn â deall y cysylltiad rhwng Nain, fy nhad a'm mam a Reuben, ond rhaid oedd tewi.

'Dyma hwy i ti,' meddai Nain, 'Crist a gadwo'u heneidiau,' a gwnaeth arwydd y Groes.

Yr oedd carreg fechan syml, wen uwch eu pennau, ac arni R. a B.L. a dyddiad. Cymerwn yn ganiataol mai dyddiad eu marw oedd, a synnwn weld yr un dyddiad ar gyfer y ddau. Er lleied a ddywedai'r garreg, yr oedd amryw bethau dieithr i mi ynglŷn â hi.

'R. a B.L.' meddwn, 'beth yw meddwl hynny?'

'Eu henwau,' oedd yr ateb swta, 'Rebeca a Brian Lovell.'

'Felly nid Nansi Wood wyf i, ond Nansi Lovell?'

'Ie, un o'r Lovells Seisnig oedd dy dad.'

Dyma newydd i mi, ac fel fflach cofiais am eiriau mam Robin, '*Kaulo Camloe*'. Dyna esboniad ar hynny beth bynnag!

'Un dyddiad sydd yma,' meddwn drachefn, 'A fu'r ddau farw ar yr un diwrnod?'

'Do,' meddai Nain yn fwy swta fyth.

'Dyna ryfedd. Sut y bu hynny, *phuri dai*?'

'Fe gei'r hanes rywdro eto pan fyddi di'n hŷn. Paid â siarad â mi'n awr.'

Penliniodd Nain wrth y bedd, â'r olwg honno ar ei hwyneb a fyddai arno bob tro y sonnid am fy mam. Tynnodd ei llaw'n hanner dirmygus dros y lilïau gwynion a orchuddiai'r fan, a chlywn hi'n sibrwd, 'Druan ohono'n meddwl y lleddfid ei hiraeth am Rebeca drwy orchuddio ei bedd â blodau! A phaham na ddeëllai mai blodau'r weirglodd a'r mynydd a weddai iddi hi?'

Eisteddais innau yno gan syllu ar y blodau, a cheisio gwneud darlun o'm rhieni allan o'r defnyddiau prin a feddwn. Sibrydwn eu henwau wrthyf fy hun – Rebeca a Brian Lovell! Hoffwn eu sŵn. Yna f'enw i fy hun, Nansi Lovell. I'm meddwl plentynaidd yr oedd swyn mewn enw gwahanol i'r eiddo pawb arall o'r llwyth.

Deffrowyd fi o'm myfyrdod gan fy Nain yn codi oddi ar ei gliniau. Rhoddodd ei llaw ar f'ysgwydd gan ddweud, 'Rhaid i ni droi adref yn awr, *bita pirani*. Paid â sôn am y prynhawn hwn wrth neb o'r lleill.'

Yr oedd yn addewid bur anodd ei rhoi, ond byddai dymuniad Nain yn gyfraith i mi bob amser. Felly ni soniais air, hyd yn oed wrth Reuben, er y teimlwn yn llawn chwilfrydedd ynghylch ei ran ef yn yr hanes.

Wedi cyrraedd yn ôl i'r gwersyll, deëllais na byddem yn gadael y lle am rai dyddiau eto. Rhaid oedd aros y *griengroes* yn ôl yn un peth. Teimlwn yn falch o feddwl y gwelwn Robin mor fuan, ac yr oedd arnaf eisiau golwg arall ar y plasty hardd a welswn y diwrnod hwnnw, a'r fynwent hefyd. Cyn cysgu, gofynnais i Nain a gawn fynd am dro fy hun at y bedd, os addawn nad awn yn agos i'r pentref.

'Ni waeth gennyf i ti fynd na pheidio yn awr,' meddai. 'Rhwystrais di o'r blaen, am fod arnaf eisiau bod gyda thi'r tro cyntaf y gwelit fedd dy fam. Dywedais wrthyt am beidio â sôn am y lle wrth neb hefyd, onid do, ond bûm yn meddwl wedyn, ac os hoffit ti fynd â Robin heibio pan ddaw o'n ôl, gelli wneud hynny – ond cofia, neb ond Robin.'

Y CHWECHED BENNOD

Wedi gorffen fy ngwaith bore trannoeth cychwynnais, a bwyd gyda mi, fel y cawn y prynhawn i mi fy hun, heb orfod troi'n ôl yn rhy fuan.

Sefais yn hir i syllu ar y Plas a ddenodd gymaint o'm bryd y diwrnod cynt. Y tro hwn nid oedd yr un Nain yn ymyl i'm galw yn fy mlaen, ac yr oedd awydd cryf ynof i fynnu golwg gliriach ar y lle. Mewn un man sylwais fod drws bychan yn y mur – y mae yna eto. Bûm heibio iddo neithiwr, ond ni chefais ond edrych arno o'r cerbyd. Yr wyf yn rhy lesg erbyn hyn i godi'r gliced a cherdded trwyddo fel y gwneuthum y tro cyntaf hwn, pan gymhellai fy nghywreinrwydd fi i ddilyn y llwybr pert drwy'r coed, a chroesi'r nant dros y bont fach dlysaf a welswn erioed.

Fel pob sipsi, yr oeddwn yn ofnus ac yn fentrus. Llithrais gyda godre'r lawnt, rhwng y llwyni rhododendron, nes bod yn union gyferbyn â'r tŷ. Cynyddai'i swyn i mi o hyd, ond ofnwn anturio'n nes rhag i rywun fy ngweld o'r ffenestri. Tybiwn y gallwn yn ddiogel sbîo'r ardd, gan fod yno ddigon o le i guddio pe digwyddwn weld rhai o'r garddwyr. Nid oedd y dyddiau a dreuliaswn yn y coed yn chwarae gyda'r adar a'r mân anifeiliaid, heb eu heffaith. Yr oeddwn erbyn hyn bron mor chwim â hwythau, ac mor abl i ymguddio.

Crwydrais yr ardd am ddwy awr neu dair. Gan mor hyfryd y lle, anghofiais y fynwent yr oeddwn ar fy ffordd iddi, ac oni bai i eisiau bwyd ddyfod arnaf, buaswn wedi anghofio fy nghinio hefyd. Bu osgoi'r garddwyr yn hwyl mor dda, ac mor hawdd, fel yr euthum yn rhyfygus. Daw balchder o flaen cwymp, fel y darganfûm lawer tro.

Cofiais i mi weld tŷ haf deiliog mewn cornel lle nad oedd un o'r dynion yn agos, ac ni wnâi dim y tro ond bwyta fy nhipyn cinio yno. Gwneuthum fy hun yn gartrefol iawn yn y llecyn dirgel hwn, 'Os daw un o'r hen *gorgios* yna'n agos yma' meddwn, 'gallaf glywed sŵn eu cerdded trwm o bell, a chaf amser i redeg allan neu guddio o dan y fainc.'

Cymerais f'amser yn braf gyda'r bwyd. Meddyliwn am Robin, a'r trueni na bai wedi cyrraedd mewn pryd i grwydro'r ardd yma gyda mi. Ceisiwn ddyfalu sut beth a fyddai byw mewn plasty fel hwn. Yr oedd byw mewn tŷ gyda Nain yn y gaeaf, y tebycaf penyd i Burdan y gallwn i feddwl amdano; eithr i ennill cartref fel hwn – bron na thybiwn y buasai'n werth ildio'r dent a'r crwydro.

Er mor ddiddorol y myfyrdodau hyn, nid oeddwn cyn ddyfned ynddynt fel na chlywswn sŵn cerddediad trwm y garddwyr yn nesáu; ond un llawer ysgafnach ei droed na hwy a ddaeth ar fy ngwarthaf. Y cyntaf peth a wyddwn oedd bod rhywun yn sefyll yn nrws y deildy, ac yn syllu arnaf.

Edrychasom ar ein gilydd mewn distawrwydd. Gwelwn i ddyn ieuanc oddeutu pump ar hugain oed, gyda gwallt crych-felyn, a llygaid oedd i'm tyb i, bron yn rhy las. Ni allaf ddweud, Nansi, i'r olwg gyntaf a gefais ar dy daid wneud argraff ffafriol arnaf. Pan fynnai, gallai edrych yn drahaus iawn. Yr oedd golwg felly arno'n awr, a chyrlen wawdlyd yn ei wefus. Y nefoedd a ŵyr sut olwg a gafodd ef arnaf i, blentyn synedig, gyda'm gwallt du yn syrthio'n afler dros f'ysgwyddau, ac wedi fy ngwisgo yn null di-ofal y sipsiwn.

Ymhen ychydig funudau, moesgrymodd yn or-foesgar, a dywedodd, 'Er yn dra ymwybodol o anrhydedd eich presenoldeb, Madam, da fai gennyf fod wedi derbyn rhybudd o'ch ymweliad, er mwyn gallu darparu ymborth i chwi yn y Plas.'

Er y siaradai Gymraeg, swniai'i iaith bron mor ddieithr i mi a phe bai'n Lladin. Oherwydd ei bresenoldeb annisgwyliadwy, a minnau ar y pryd heb orffen cnoi fy nhamaid olaf o fara ac ymenyn, teimlwn yn llai parod nag arfer i ateb; ond pan gefais fy ngwynt ataf, ceisiais wneud y gorau o'r gwaethaf.

Moesymgrymais iddo, gan ddynwared ei ddull chwyddedig orau y gallwn.

'Diolch i chwi, ond gwell gennyf gymryd fy nghinio ar fy mhen fy hun yn y deildy, na chymysgu gyda'r morynion yng nghegin y Plas.'

Dywedodd wrthyf wedyn fod yr olwg urddasol a roddais arnaf fy hun mor groes i'm golwg ychydig yn gynt â'm ceg yn llawn o frechdan, fel y gorfu iddo chwerthin yn uchel. Wedi iddo wneud hynny, nid ofnwn ef mwyach, 'A oes gennych wrthwynebiad i'm cwmni i yn y deildy, ynteu?' gofynnodd yn goeglyd.

'Nac oes,' ebe finnau, 'y mae golwg eithaf parchus arnoch. Gwnewch eich hun yn gysurus.'

'Rhaid bod yn barchus felly cyn mwynhau eich cwmni chwi?'

Profodd siarad iaith y *gorgio* hwn yn ormod o dreth i mi ei dal yn hir, a gorfu arnaf droi i'm dull naturiol fy hun.

'Nid yw Nain yn fodlon i mi gymysgu efo pawb. Dywed y dylaswn gofio fy mod yn ŵyres i frenhines.'

Tybiais am funud fy mod wedi llwyddo i'w syfrdanu.

'Ni sylweddolais,' meddai, 'fod gennyf y fraint o gyfarch tywysoges. Rhaid i'ch Uchelder faddau i mi am fy hyfdra.'

Amheuais mai chwerthin am fy mhen yr oedd, a chodais gan ddweud yn bur swta, 'Rhaid i mi gychwyn. Y mae arnaf eisiau mynd ymhellach.'

'Aroswch,' protestiai yntau'n ymbilgar, 'nes daw eich cerbyd i'ch nôl. Neu o leiaf, Dywysoges hardd, caniatewch i mi wybod ymhle y mae eich cartref – ai yn y lleuad, neu ym Mohemia?'

Ni ddeëllais oddi wrth ei eiriau y gwyddai mai *Romani* oeddwn ac yn fy niniweidrwydd eglurais iddo fy nhras.

'A! mi a ddeallaf yn awr,' ebr ef, 'Nans Wood yw'r "Frenhines", ac y mae golwg frenhinol arni hefyd. Cyferchwch ei Mawrhydi drosof.'

'A adwaenoch chwi Nain?' holais yn eiddgar, gan lwyr anghofio fy mygythiad i fynd i ffwrdd.

'Gwnawn ers stalwm,' atebodd yntau, gan siarad yn debyg i rywun arall erbyn hyn. 'Llawer awr ddìfyr a dreuliais gyda'r Woodiaid yn dysgu pysgota pan oeddwn hogyn; ond er pan fu farw fy nhad a'm mam, ychydig iawn a fûm yn y rhan hon o'r wlad.'

'Ond yr oeddwn i'n meddwl bod y *gorgios* yn aros yn yr unfan yn wastad, ac nad oedd ond y *Romani*'n crwydro o gwmpas.'

Chwarddodd at y syniad.

'Bûm yn y Coleg nes oeddwn yn ugain oed, ond yn ystod y blynyddoedd wedi hynny yr wyf yn sicr i mi deithio ddengwaith gymaint o filltiroedd ag a wnaeth yr hen Nans yn ei hoes gyfan.'

Dechreuais feddwl y gallai'r *tarno rye* hwn fod yn fwy diddorol na'r un o'r *gorgios*. Teimlwn iâs gynnes o gydymdeimlad tuag ato wrth ei ddychmygu'n dihoeni mewn ysgol am gynifer o flynyddoedd.

'A wyddoch chwi beth yw ysgol, Dywysoges?'

'Gwn,' atebais, yn falch o'r cyfle i ddangos fy ngwybodaeth, 'lle y mae'n rhaid eistedd yn llonydd ar feinciau caledion am oriau lawer, a lle y cewch lyfrau i'w darllen heb ddim diddorol ynddynt.'

'A fedrwch chwi ddarllen?' gofynnodd, gyda gormod o bwyslais ar y 'chwi'.

'Medraf, Gymraeg yn iawn, a thipyn o Saesneg.'

'*One of the gipsy scholars*, debyg,' meddai, a pheth o'r

gwawd yn dyfod yn ôl i'w lais. Ni ddeëllais y cyfeiriad, ond cydiais yn y gair "sgolor".

'Mi garwn pe bawn i'n sgolor –'

'Y nefoedd fawr! I beth, Dywysoges?'

'Am fod fy mam yn un.'

'Pwy oedd eich mam?'

'Rebeca Lovell,' atebais.

'Rebeca, Rebeca' – yna cofiodd, 'Ai Rebeca Wood oedd tybed? Cofiaf fod gan Nans ferch dlos iawn o'r enw Rebeca, ac mi gredaf ei bod yn gallu darllen hefyd. A ydych chwi'n ferch i'r Rebeca honno?'

Dywedais yn falch fy mod.

'A hoffech gael gweld nifer mawr o lyfrau?'

'Hoffwn,' meddwn heb betruso dim.

'Dewch gyda mi i'r tŷ ynteu, a dangosaf y llyfrgell i chwi.'

Dilynais ef, bron â methu coelio fy lwc. Os swynwyd fi gan y tu allan i'r Plas, dygodd gwychder y tu mewn fy ngwynt yn lân. Derw du oedd y neuadd, ac ohoni troesom i ystafell a'i muriau'n ddim ond derw, ffenestri, a llyfrau. Pan soniodd Madog am y llyfrgell ni feddwn amcan beth i ddisgwyl. Deallwn ar y gair fod a wnelo ef â llyfrau, ond ni freuddwydiais am olygfa fel hyn.

'Ni wyddwn i ddim y gallai llyfrau edrych mor dlws,' meddwn yn hanner distaw. 'Cloriau papur sydd i'm llyfrau i, a rheini'n rhwygo o hyd.'

Yr oedd y llyfrau yma o ledr ystwyth, wedi ei oreuro; a lliwiau hardd arnynt.

'Gadewch i mi weld a fedrwch chwi ddarllen o lyfr tlws fel o un cloriau papur,' ebe Madog.

A dyna lle buom am amser. Myfi'n ceisio darllen Saesneg, ac yntau'n fy nghywiro a'm helpu. Cawsom well hwyl ar y Gymraeg, er na feddwn amcan am ddarllen barddoniaeth, meddai ef. Rhoddodd lyfrau'n fenthyg i mi – cerddi Cymreig a chyfrol o Wordsworth oedd dau ohonynt, mi gofiaf yn dda. Addawodd alw heibio'r gwersyll i weld sut y gyrrwn ymlaen.

'Yr wyf am ddangos rhywbeth arall i chwi'n awr,' meddai gan godi. 'Cewch ddyfod i'r llyfrgell yma ryw ddiwrnod eto.'

Eithr ni ddug yr addewid yma ddim llawenydd i mi.

'Gyda daw'r griengroes yn ôl byddwn yn symud o'r ardal hon,' cwynais yn drist.

'O, y mae gennyf waith i'r dynion acw,' ebr yntau. 'Rhaid i mi gael amryw o geffylau newydd, a chânt hwy eu prynu i mi. Nid oes mo well yr Woodiaid am ddewis ceffyl – os gwneir hi'n werth y drafferth iddynt.' Arweiniodd fi i fyny grisiau lawer, ac ar hyd milltiroedd (mi dybiwn ar y pryd) o lwybrau cerrig. Ni welsom ond un person yn ystod yr holl amser – gwraig ganol oed, a edrychai hytrach yn chwithig arnaf.

'Bu honna'n fy magu pan oeddwn yn blentyn,' eglurai Madog, 'a hi ofalai am y Plas tra bûm i ffwrdd. Ni ddaw'r morynion eraill am rai dyddiau. Cyrhaeddais adref braidd yn gynt na'r disgwyliad.'

Deuthom i ystafell hir, a chwech o ffenestri ynddi, a'i muriau'n orchuddiedig gan ddarluniau.

'Dyma oeddwn am ddangos,' ebe f'arweinydd, ac aeth â fi o flaen llun dyn tal, pryd du, wedi ei wisgo mewn siwt ffansi o felfed tywyll, gyda sofrenni melynion yn fotymau iddi.

'Caniatewch i mi gyflwyno eich hen-hen-hen-daid i chwi, Dywysoges. Bu fy nheulu mor ffodus a chael gwasanaeth un o dras uchel yr Woodiaid am dymor i yrru'r ysbryd aflan i ffwrdd gyda'i fiwsig.' Cofiais am stori Nain y diwrnod cynt, a dywedais 'Henry Wood'.

'Dyna'r gŵr a'n hanrhydeddodd,' atebodd wedyn yn null coeglyd, cas y deildy.

'Blinodd arnoch yn bur fuan,' meddwn, yn ddig wrth Madog eto. 'Gwell oedd ganddo gwmni'r coed a'r blodau nag aros yma yng nghanol ysbrydion aflan.'

Gwelwn debygrwydd i Nain yn yr wyneb cryf ar y cynfas. Erbyn heddiw y mae yna ychwaneg o ddarluniau yn y galeri. Dos di yno, a sylwa ar lun geneth ieuanc yng ngwisg Llys y Frenhines. Arferai hongian ar y mur gyferbyn â darlun y crythor. Y mae'n rhyfedd iawn gennyf oni weli di debygrwydd yn y ddau wyneb. Byddai rhai dieithriaid yn ddigon craff i weld y tebygrwydd hwn, ac yn aml digwyddai rhai ohonynt sylwi arno wrth Madog. Gwnâi'r bobl hynny yn hollol ddifeddwl, ond pechod anfaddeuol a fyddai yn ei olwg ef. Teimlwn i, o'r ochr arall yn falch fod rhywun o'm pobl fy hun ym Mhlas Madog, a phan fyddai pethau'n ddrwg arnaf mynych y rhedais i fyny i syllu ar lun fy hen-daid.

Y SEITHFED BENNOD

Dychwelais i'r gwersyll y prynhawn hwnnw gyda llyfrau newydd yn fy llaw a llawenydd yn fy nghalon. Mor llawn oeddwn o addewid Madog Wyn y cawn fynd i'r llyfrgell pan fynnwn, fel yr anghofiais y disgwylid Robin y noson honno. Eithr pan welais ef cafodd groeso iawn. Euthum dros yr hanes i gyd, gan ddiweddu gyda, 'A rhaid i tithau ddyfod efo fi yfory, Robin, i edrych ar y bedd, ac i weld y llyfrau a'r darluniau yn y Plas.'

Rhywfodd methwn yn fy myw a chodi llawer o frwdfrydedd yn Robin.

'Mi ddeuaf gyda thi i weld bedd dy dad a'th fam,' meddai, 'ond wnawn i ddim byd ohoni mewn Plas, a heblaw hynny 'does gen i gynnig i'r *kairengros*. Mi wn am ddau neu dri o geffylau iawn iddo, os bydd o'n fodlon talu i mi am eu nôl. Mae arnaf eisiau arian wyddost i brynu tent a charafan erbyn y byddi di a finnau'n priodi.'

Nid oedd gennyf wrthwynebiad i briodi Robin pan dyfwn yn fawr, ond pwnc arall oedd sôn am hynny'n awr a phethau cymaint pwysicach mewn golwg. Felly dywedais yn bur sur wrtho na byddai Nain yn fodlon iddo brynu carafan, a throais i'r dent i ddarllen fy llyfrau, ac i adrodd hanes fy niwrnod wrth Nain.

'Yr wyf yn cofio Madog y Plas yn iawn,' ebr hi, 'ond ni chlywais siw na miw amdano ers blynyddoedd. Bydd busnes y ceffylau yn waith a dâl yn dda, neu'n wir buaswn i'n falch i symud o'r fan yma yfory nesaf.'

'Ond pam, *phuri dai*?' gofynnais. 'Dyma'r lle gorau y buom ynddo erioed.'

Ochneidiodd yn drwm.

'Y galon a ŵyr ei gofid ei hun, fy ngeneth i,' meddai, a methais a chael yr un gair arall ganddi.

Yn fore drannoeth, pwy a ddaeth heibio ond Madog Wyn. Teimlai hiraeth am bysgota fel yn yr hen amser, meddai ef, a pherswadiodd Reuben i fynd gydag ef. Daeth heibio i ni pan oedd Nain ar gychwyn allan am y dydd. Cafodd groeso pur dda ganddi.

'Yr wyf yn falch nad yw'r *tarno rye* wedi anghofio'i hen ffrindiau,' ebr hi wedi iddynt sgwrsio ychydig, ac yna, gan ei bod mewn hwyl gwneud arian y diwrnod hwnnw – 'gedwch i'r hen Nans ddarllen eich *dukkeripen*, Syr. Chwi hoffech wybod pwy sydd i fod yn feistres ym Mhlas Madog, 'rwy'n siŵr.'

Llawenhawn o weld Nain yn ymddwyn fel hyn. Edrychwn arno fel arwydd ei bod yn dechrau anghofio prudd-der trwm yr wythnosau blaenorol.

Chwarddodd Madog, 'Nid oes acw yr un forwyn eto Nans, ac y mae rheini'n bwysicach ac yn fwy anodd eu cael o lawer na meistresi.'

Rhoddodd ddau bisin hanner coron yn ei llaw. Gwrandawn innau'n astud ar y ddau. Cymerwn ddiddordeb mawr yn y dweud ffortiwn yma bob amser, ond anaml iawn y gadawai Nain i mi ei chlywed hi wrthi. Un o'r ychydig droeon y gwelais hi'n wirioneddol o'i cho gyda mi oedd pan ddaliodd fi'n ceisio darllen dwylo rhai o blant yr ardal. Erfyniais arni lawer gwaith i ddweud fy ffortiwn i, ond gwrthod a wnâi.

'Nid yw'n lwcus, *pirani*, i ddarllen llaw eich teulu'ch hun, a fedrwch chwi ddim gweld yn glir iawn i wneud ychwaith.'

Ymddangosai mewn penbleth uwchben dwylo Madog.

'Nid yw'r llinellau'n glir,' meddai. 'Y mae dyryswch yn rhywle. Ond y mae'n eglur ddigon fod y planedau'n gyrru meistres i'r Plas pan fydd Madog Wyn yn ddeg ar hugain oed. Gwelaf aer, a merch fach hardd yn chwarae hyd barciau'r Plas, ond nid oes yno yr un fam yn y golwg – ac eto y mae'u mam yn fyw yn rhywle. Y mae llinell bywyd yn un hir iawn, ond rhaid gochel y balchder a wna i ti frifo'r peth a geri, a rhaid gochel y *Romani*. Gwelaf un ohonynt hwy'n dwyn llawenydd i'th fywyd, ond oni byddi'n ofalus fe dry'r *Romani*'r llawenydd yn dristwch eilwaith. Ni wn sut y digwydd hyn – ond cofia ochel y *Romani*.'

'Yr wyf yn synnu atoch yn fy nghynghori i ochel rhag eich teulu chwi'ch hun, Nans,' pryfociai yntau hi.

'Rhaid i mi ddweud yr hyn sydd ar y llaw,' meddai Nain yn ddifrifol, 'ac y mae hi'n dangos yn eglur y daw *Romani* â gofid i Blas Madog.'

'Mi fentraf hynny am heddiw,' chwarddodd yntau, 'os caiff eich ŵyres chwi ddyfod ataf i de'r prynhawn yma.'

Rhoddodd Nain ei chaniatâd yn fwy hwylus nag yr ofnwn. Diau fod a wnelo'r ddau *posh courna* beth â hyn, ynghyd â'r gobaith am ragor o elw oddi wrth y ceffylau. Sylwais fod y *tarno rye* yn 'Syr' ac yn 'chwi' ganddi eilwaith, er iddi lithro i'w 'thi' arferol wrth ddarllen ei law. Anaml iawn y dywedai Nain 'chwi' wrth neb, a chododd fy meddwl o'r *gorgio* hwn.

'A gaf i ddyfod â Robin efo fi?' gofynnais.

'O'r gorau,' meddai Madog, 'os oes ganddo gystal tafod â chwi.'

Yn y prynhawn cynnar, cyn mynd i'r Plas, aeth Robin a minnau am dro i'r fynwent. Gorchuddid y bedd gan flodau, harddach os rhywbeth, na'r diwrnod cynt.

'Rhyfedd bod neb yn rhoi blodau drud fel hyn bob dydd,' meddwn, ac er mwyn gwybod beth a wyddai fy nghydymaith euthum ymlaen, Dywedodd Nain mai dy dad a'u rhoddodd ddoe.'

'A heddiw hefyd,' ychwanegodd Robin. 'Gwelais ef yn cychwyn yn fore, fore, cyn i neb godi, a'r blodau yma'n llond ei freichiau.'

'Ond pam,' dyna a'm blinai i, 'pam mai y fo, ac nid neb arall sy'n cario blodau yma?'

Gostyngodd Robin ei lais.

'Paid a chymryd arnat wrth neb cofia, ond yr wyf i'n meddwl, oddi wrth yr hyn a glywais yma a thraw, fod fy nhad yn caru dy fam ers talwm, ond na fynnai hi mohono; a'i fod yn dal i'w charu'n ei galon o hyd, er ei bod hi'n gorwedd yma, ac yntau wedi priodi mam.'

Yr oedd y syniad yn newydd sbon i mi, ond gwyddwn ar unwaith ei fod yn gywir. Eglurai gymaint a fu'n ddirgelwch i mi drwy gydol y blynyddoedd.

'Tybed ai dyna paham y mae mor gas gan dy fam fi, Robin – am fy mod yn ferch i mam?'

'Amheuaf mai ie, ond cofia nad wyt i ddweud hyn wrth neb.'

Gydag anhawster mawr y llwyddais i berswadio Robin i'r Plas at amser te. Rhywsut nid oedd pethau'n mynd cystal â'r diwrnod cynt. Yr oedd Robin fel petai'n ymhyfrydu mewn bychanu llyfrau, a thoc dywedodd Madog wrtho, gyda'r wên wawdlyd a wnâi i mi bron ei gasáu.

'Gwelaf mai'r ceffylau yw'ch unig ddiddordeb chwi.'

'Y mae hynny'n ddigon gennyf,' atebodd Robin yn gwta.

Tarewais innau i mewn yn boethlyd, 'Y mae hynyna'n anwiredd. Pwy ond Robin sydd wedi prynu llyfrau i mi drwy gydol y blynyddoedd?'

'Felly yr ydych â'ch bryd ar wneud Nansi'n ddysgedig, beth bynnag amdanoch eich hun?' meddai Madog yn yr un dôn eto.

'Gwared fi rhag y fath drueni, ond os oedd llyfrau'n gysur iddi hi, wedi ei gadael yn y gwersyll drwy'r dydd, yr oeddwn yn fodlon iddi'u cael. Pan dyfo hi i fyny, a'm priodi i, bydd ganddi ddigon o waith heb ryw gybôl felly.'

'A! rhamant bore oes mi welaf,' gwawdiai Madog.

Methwn a deall Robin yn sôn am y lol plant hwnnw yn y fath gwmni, ac nid oeddwn yn fodlon o gwbl ei fod wedi gwneud.

'Fydd hynny ddim am yn hir iawn,' meddwn yn ffroen-uchel, a chan nad ymddygai Robin yn agos wrth fy modd y prynhawn hwn, ychwanegais, 'ac efallai na ddigwydd byth. Thorrodd y gainc ddim yn lân, yn naddo, Robin?'

Gyda hynny bu raid arnaf adrodd hanes y dyweddïo wrth Fadog. Gwyddwn fod fy narpar-ŵr yn ddig wrthyf am wneud, ond yr oedd y dewin bach oedd i achosi cymaint o ofid i mi yn y dyfodol, wedi dechrau cymryd meddiant ohonof y diwrnod hwnnw, ac yn dysgu i mi fwynhau poeni Robin.

YR WYTHFED BENNOD

Galwai Madog heibio'r gwersyll o bysgota bob dydd, ac aem ynghyd drwy'r llyfrau a gefais yn fenthyg ganddo. Un diwrnod gwnaeth gynigiad a achosodd gryn gyffro yn y dent fach lle trigai Nain a minnau.

'Nans,' meddai, 'a fuasech chwi'n fodlon i mi yrru'r eneth ddrwg yma i'r ysgol am dipyn?'

'Mi gaiff fynd y gaeaf yma pan gymeraf i dŷ,' ebr Nain yn ddi-daro.

Ysgydwodd yntau'i ben. 'Nid dyna a olygwn i, ond ei hanfon i le y caiff ddysgu mwy nag yn ysgolion bach y wlad. Byddai'n rhaid iddi aros yno am fisoedd bwygilydd.'

'*Diri dandi*,' gwaeddai Nain, yn ddigon cyffrous erbyn hyn. 'Yrraf i mo'r *chavi* i'r fath le. Beth a dalai carchar felly i greadures fach wedi arfer â'i rhyddid? Heblaw hynny, hi yw'r unig gwmni a chysur sydd gan yr hen Nans Wood erbyn hyn. Na, na, chaiff hi ddim mynd oddi wrthyf bellach, Madog Wyn.'

Ni wyddwn pa un ai balch ai dig y teimlwn am fod Nain wedi cario'r dydd ar y pwnc. Nid oedd arnaf eisiau mynd o'm cynefin, a'i gadael hi a Reuben, a Robin. Ar y llaw arall yr oedd swyn mewn peth dieithr a newydd, a thybiwn y byddai'n braf iawn medru darllen a deall yr holl lyfrau oedd ym Mhlas Madog; ac efallai dyfu mor wybodus â meistr y llyfrgell ei hun. Ond nid gwiw sôn rhagor am y peth. Pan glywem y dinc yna yn ei llais, gwyddwn i a phawb o'r llwyth mai ofer fyddai dadlau rhagor â Nain.

Eto, cyn nos trannoeth torasai Nain ar ei harfer, a newid ei meddwl. Eisteddem yn gylch oddeutu'r tân y noswaith honno. Pawb yn hapus a di-ofal – gwaith y dydd ar ben, a dim i'w wneud bellach ond gwrando ac adrodd straeon. Ychydig o sylw a roddwn i i'r sgwrs y noson honno am fod fy meddwl yn llawn o'r ysgol y soniai Madog amdani. Yr hyn a'm deffrôdd o'm breuddwydion oedd sŵn carlam ceffyl. Pan godais fy mhen gwelais ferch ar farch gwyn, hoyw, yn nesu atom. Wrth ei gwisg a'i hosgo gwyddwn mai *Romani* oedd, er mor annhebyg oedd hi i ferched ein llwyth ni.

Yr oedd yn amlwg ei bod wedi'i chynysgaeddu unwaith â phrydferthwch ymhell uwchlaw'r cyffredin. Erbyn hyn ciliasai hwnnw, ond gadawodd o'i ôl ryw urddas oedd bron yn oruwchnaturiol. Sylweddolais ymhen blynyddoedd mai ei hurddas naturiol wedi ei blethu â math o orffwylledd ydoedd, ond yr oedd hyn y tu hwnt i ddirnadaeth plentyn ar y pryd.

Safodd gyferbyn â ni, fel petai'n chwilio am rywun. Yn y man syrthiodd ei llygaid ar fy Nain, a minnau wrth ei hochr. Arferai fod yn gred ddi-ysgog gennyf nad oedd ar Nain ofn neb byw. Cynefinais gymaint â gweld pawb yn crynu gan ei hofn, fel yr oedd yn dra hynod i mi weld bod ar Nain, o bawb, ofn y ferch ryfedd hon. Ni chymerth yr ymwelydd sylw pellach ohoni wedi'r un edrychiad cyntaf. Arnaf i y rhythai ei llygaid, gan greu arswyd dieithr ynof. Neidiodd Nain ar ei thraed, a thaflodd ei breichiau amdanaf. Chwarddodd y ferch yn groch, a llefodd, 'Nid rhaid i chwi ofni – wnaf i ddim niwed iddi. Daeth yr amser i blentyn Brian Lovell a Rebeca Wood adnabod Alana Lee – dyna'r cyfan.'

Yna carlamodd ymaith mor ddisymwth ag y daeth. Chwalodd ein cylch ninnau mewn distawrwydd, a throdd pawb i orffwys am a wn i, ond fy Nain. Cysgais i'n bur fuan, ond y mae'n debyg i'r digwyddiad fy nghynhyrfu, oherwydd cofiaf i mi ddeffro lawer gwaith y noson honno, a phob tro y gwnawn hynny, gwelwn Nain yn eistedd yn nrws y dent, a chlywn aroglau'i phibell yn fy ffroenau.

Y bore wedyn rhoddodd orchymyn annisgwyliadwy fod

popeth i'w wneud yn barod at gychwyn i ffwrdd. Anfonwyd finnau i Blas Madog, i ofyn i'w berchennog ddyfod i siarad â Nain cyn hanner dydd, gan ein bod yn cychwyn ymaith yr adeg honno.

'Bwriadwn alw heibio'r bore yma p'run bynnag,' ebr ef pan glywodd fy neges, 'ond ddoe ddiwethaf y sicrhâi Nans fi na allech fynd i ffwrdd am dridiau eto, oherwydd fy ngheffylau i.'

Gorchfygais y demtasiwn o ddweud wrtho am ein hymwelydd y noson gynt, er y gwyddwn mai dyna'r eglurhad ar y cyfnewidiad yn ein trefniadau. Ofnwn y byddai'n groes i feddwl Nain i mi sôn am beth a'i cynhyrfai gymaint wrth *gorgio* fel Madog Wyn.

Bu ef a Nain yn siarad am yn hir iawn yn y dent. O'r diwedd blinais aros wrthynt, ac euthum gyda Robin i roi tro ffarwel i'r fynwent. Pan gerddem drwy'r porth, gwelem rywun tal yn codi oddi wrth y bedd ac yn brysio ymaith. Gafaelais yn dyn yn Robin gan sibrwd – 'Edrych Robin! Dacw'r ferch a fu heibio i ni ddoe. Beth a wnawn ni os daw hi'r ffordd yma?'

'Dacw hi'n mynd oddi wrthym am ei bywyd,' meddai Robin. 'Paid â hidio ynddi, Nansi fach. Gwirioni y mae hi, wyddost.'

Nid oedd gwiw i ni ymdroi yn y fynwent y tro hwn, gan fod yn rhaid gofalu mynd yn ôl erbyn hanner dydd. Pan gyraeddasom y gwersyll, safai Nain a Madog yn nrws y dent, a pharatoadau at godi'r pebyll ar bob llaw iddynt. Galwasant arnaf, ac ebr Madog gan wenu, 'A fyddwch chwi'n barod Nansi i mi'ch nôl i'r ysgol wythnos i heddiw?'

Edrychais ar Nain yn amheus, gan gredu mai cael hwyl am fy mhen a wnâi Madog, ond ategodd hithau'i eiriau, 'Fe fûm i'n ystyried pethau wedyn, *pirani*, a gwelaf mai dy yrru i gael tipyn o ysgol a fydd orau er dy les; ac y mae Madog Wyn yn garedig iawn wedi addo trefnu'r cyfan i mi.'

'Byddai'n bleser gennyf wneud mwy na hynny, pe cawn,' ebr Madog.

Edrychodd Nain arno fel pe bai'n frenhines Prydain, ac nid brenhines rhyw lwyth bach o *Romani.*

'Os ysgol o gwbl, ni chaiff ŵyres Nans Wood fod yn ddyledus amdani i neb ond i'w Nain.'

Yr oedd hi, fel pob sipsi, yn gymysgedd rhyfedd. Fel rheol byddai â'i holl egni'n tynnu cymaint a allai oddi ar y *gorgios*. Yna'n hollol annisgwyliadwy troai mor falch ac uchel ag unrhyw bendefig. Sylwais arni'n neilltuol gyda Madog a mi. Byddai am ei bywyd rhag i mi gymryd yr un geiniogwerth am ddim ganddo. Mewn amser i ddyfod cefais achos i ddiolch i Nain lawer gwaith am y gofal hwn o'i heiddo. Rhaid mai rhyw reddf a'i harweiniai, canys er cystal y darllenai hi'r planedau ni chredaf iddynt erioed ddatguddio'n llawn iddi ddyfodol dy daid a minnau.

Gwrthododd Madog a hithau ddweud wrthyf ymhle yr oedd yr ysgol. Yr oedd Nain fel petai'n benderfynol o gadw pob gwybodaeth yn ei chylch iddi hi ei hun, a methwn a dirnad ei hamcan.

Wythnos ddu a ddilynodd y bore hwnnw. Pan wrthododd Nain gynnig Madog i'm hanfon i'r ysgol bron na theimlwn yn siomedig; ond yn awr a'r gwahanu mor agos, clymwn am yr hen fywyd, a chasáwn sôn am na Madog Wyn nac ysgol. Yr oedd Nain hefyd yn fwy distaw ac absennol ei meddwl nag y bu hyd yn oed yn ystod ein harhosiad yn Llanfadog, os oedd hynny'n bosibl. Yr unig belydryn o heulwen a dywynnodd arnaf oedd iddi orchymyn i Reuben gadw Robin gartref am yr wythnos.

'Gader i'r ddau gael rhedeg dipyn o gwmpas,' meddai fel rheswm. 'Bydd Nansi druan yn ddigon caeth cyn bo hir.'

Felly cafodd Robin a minnau wythnos megis cynt, cyn iddo ef dyfu'n llanc. Teimlwn fod llygaid duon ei fam fel petaent yn fy nhrywanu bob tro y cychwynnem i siwrnai. Ni feiddiai ein rhwystro, a chan fod Nain tu cefn i ni, nid oedd waeth gan Robin na minnau am Fetsi.

Y diwrnod cyn i mi gychwyn i ffwrdd, dangosodd Robin y brigyn a dorasom gynt, wedi'i lapio'n ofalus yn ei boced.

'A wyt ti'n cario hwn'na o gwmpas o hyd, Robin?' holais mewn syndod.

'I bob man,' atebodd yn syml. 'Byddaf yn ei symud o un boced i'r llall wrth newid fy nghôt. A gedwaist ti dy ddarn, Nansi?'

'Y mae yng ngwaelod y gist lle ceidw Nain ei Beibl mawr,' meddwn. 'Pe bawn i yn ei gario o gwmpas o hyd fel ti, ni chofiwn i byth amdano, a chollwn ef yn fuan iawn. Y mae'n ddiogelach o lawer yn y dent. A wyt ti'n credu mewn difrif, Robin, fod a wnelo brigyn rywbeth â ph'run a briodwn ni ai peidio?'

'Yr wyf yn credu,' meddai, yn ddigon difrifol i'm sobri innau am funud, 'yr wyf yn credu os gedy un ohonom i'w ddarn fynd ar goll, fod yr un hwnnw wedi colli'i awydd am briodi'r llall.'

Yn fore trannoeth daeth Madog â cherbyd a cheffyl i'm nôl. Nid oedd arnaf erbyn hyn damaid o eisiau'i weld, llawer llai mynd gydag ef. Cydiais yn Nain a dywedais hynny wrthi, ond nid ildiai i mi.

'Yr wyf wedi gweld ei bod er dy les i fynd,' meddai, 'a chofia di mai'r *gorgios* llwfr sydd yn arfer dangos eu teimladau. Ein nerth ni'r *Romani* yw medru eu cuddio. Cofia di hynny, a phaid ag anghofio dy bobl dy hun. Yna fe orchfygi bopeth.'

Troes y ffarwelio ag aelodau'r llwyth yn galetach gwaith na'm disgwyl. Er mai o dri ohonynt y tybiwn fy mod yn hoff, eto wrth eu gadael cefais eu bod i gyd – ond Betsi – yn bur annwyl gennyf.

Ar y funud olaf gwasgodd Nain ddyrnaid o sofrenni i'm llaw, gan ddweud, 'Y mae hen famaeth Madog Wyn yn mynd i brynu dillad i ti, a dyma'r arian i dalu amdanynt. Gofala di am dalu am y cyfan a gei ganddo, ac anfonaf innau ragor i ti cyn bo hir. Nid yw'r hen Sipsi mor dlawd ag y myn rhai gredu.'

Y NAWFED BENNOD

Cymerth Madog fi i dref ychydig filltiroedd i ffwrdd, lle'r arhosid amdanom gan y wraig a welswn y tro cyntaf y bûm yn y Plas. Treuliais oriau blin yng nghwmni hon, o siop i siop, yn tynnu ac yn gwisgo dillad. O'r diwedd dywedodd y gwnawn y tro, a phlygodd fy hen ddillad yn becyn taclus i'w hanfon i Nain. Ni chefais gadw dim a berthynai i'm hen fywyd ond fy ffidil. Er fy syndod pasiwyd fod honno'n ddigon parchus i fynd gyda mi i'r ysgol. Pan edrychais arnaf fy hun yn y drych, prin y credwn mai'r un eneth oeddwn â'r hon a welais yng ngloywder nant y ddôl yn plethu'i gwallt y bore hwnnw. I'm tyb i yr oedd dillad yr eneth o sipsi yn curo o ddigon, o ran esmwythder a harddwch; ond sicrhâi Madog fi na wnaent mo'r tro, ac felly rhaid oedd bodloni.

Ni chofiaf fawr am y daith i'r ysgol, er ei bod yn newyddbeth i mi. Ni bûm erioed mewn trên cyn hyn, ond rhwng blinder a hiraeth ni chymerais lawer o sylw ohono. Gan ei bod mor hwyr arnom yn cyrraedd, ni welais neb ond y brifathrawes y noson honno. Er mor annymunol oedd gennyf weld Madog y bore, yr oedd yn fil mwy annymunol gennyf ymadael ag ef yn awr. Edrychwn arno fel yr unig ddolen rhyngof i â'r bywyd hapus o'm hôl. Eithr nid un i ganiatáu llawer o loliach a meddalwch felly oedd Miss Tomkins, a ffarwelio a fu raid, ac yn bur ddi-seremoni hefyd.

Ni fanylaf ar y darn yma o'm stori. Gwyddost am ysgolion a merched ffasiynol a bonheddig cystal ag y gwn innau. Digon yw dweud mai wythnos a fûm yno. Yr oedd Madog a'r ysgolfeistres wedi pwysleisio wrthyf mai gwell a fyddai i mi beidio â cyfaddef wrth y genethod am fy "*origin*" chwedl hithau. Ond a dybi di y gallai *Romani chai* ddyfod i'r ysgol y buost ti ynddi, heb i chwi ddeall cyn pen diwrnod mai o'r dent a'r ysgubor y daeth hi? Yr oedd y peth yn afresymol ar yr wyneb. Nid oeddwn yn eistedd nac yn bwyta, nac yn wir yn gwneud dim byd yr un fath â hwy. Codai fy siarad byliau o chwerthin arnynt nes eu gyrru'n sâl. *Romani* a siaradem ni yn y gwersyll bob amser, ond o hir ymgymysgu â'r Cymry, yr oeddym wedi dyfod yn rhugl yn yr iaith honno hefyd. Medrai'r *griengroes* a'r merched a gurai'r drysau, Saesneg gweddol, ond gan na bûm i'n gwerthu nwyddau, trwsgl iawn y siaradwn yr iaith a arferent yn *Blackdene House*.

Rhwng y cyfan y mae'n sicr i'r '*Gipsy Queen*' roddi wythnos o ddifyrrwch bythgofiadwy i'r genethod ffroen-uchel hynny, a chafodd y sipsi hithau brofiad newydd. Er ei bod yn ddigon da gan Miss Tomkins gael yr arian a dalasai Madog trosof, gwyddwn arni ei bod mor ddirmygus â'r genethod yn ei chalon, ac yr ystyriai bod fy mhresenoldeb yn dwyn anfri ar ei hysgol glodwiw. Wrth gwrs torrwn reolau'r ysgol, heb sôn am rai moes ac arfer, yn fy swydd, a chosbai'r feistres fi'n drwm bob tro, heb wneuthur un cyfrif o'm hanfanteision.

Penderfynais na ddioddefwn yn hwy. Tybiwn y maddeuai Nain i mi pan ddywedwn yr hanes wrthi. Gwyddwn na byddai gwaith maddau gan Reuben a Robin, ac am Fadog – yr oeddwn, yn ddigon annheg, yn rhoddi'r bai am y cyfan wrth ei ddrws ef – ac ni faliwn beth a ddywedai.

Bûm yn effro drwy'r nos yn cynllunio sut i wneud. Ni wyddwn ymha ran o Ogledd Cymru i gael yr Woodiaid erbyn hyn, ond yr oedd Plas Madog yn ansymudol. Penderfynais droi yno a gwneud i Fadog Wyn fy nwyn ar ôl y llwyth. Ar doriad gwawr codais a gwisgais heb ddeffro'r genethod eraill. Yr oedd dwy bunt o arian Nain yn weddill gennyf, a theimlwn yn hyderus yr awn i ben fy siwmai rywsut neu'i gilydd. Ni chymerais ddim yn fy llaw ond fy ffidil – yr unig beth yn *Blackdene* y teimlwn ddim cariad ato. Agorai ffenestr fawr fel drws o un o ystafelloedd y llawr, a gwaith munud oedd mynd trwyddi. Yr oedd clo ar lidiart yr ardd, ond beth oedd hynny i mi? Anawsterau i neidio drostynt oedd pob gwrych, a wal, a chlwyd i mi y cyfnod hwnnw. Cerddais filltiroedd yn y bore bach heb gyfarfod â neb. Ni wyddwn lle yr oedd yr orsaf, a'r unig beth y meddyliwn amdano oedd cael digon o bellter rhyngof â'r ysgol.

Yn y man trugarhaodd ffawd wrthyf. Daeth cerbyd o hyd i mi, a safodd y bonheddwr a'i gyrrai, gan ofyn i mi yn Saesneg i ba le yr awn.

'I'r stesion,' atebais.

'Dewch i fyny,' gwahoddodd yntau. 'Cyfarfod y trên bore yw f'amcan innau, ac y mae pedair milltir dda rhyngoch â'r orsaf.'

Euthum i mewn. Ni wyddwn am ba orsaf y soniai ac nid oedd waeth gennyf ychwaith. Yn unig gobeithiwn mai pedair milltir yn nes at Gymru oedd.

Holai'r bonheddwr fi'n gynnil, a cheisiwn innau beidio â dweud gormod o anwiredd wrtho, na gollwng y gath allan ynghylch fy hanes. Dywedais mai yng Nghymru yr oedd fy nghartref, ac i mi fod yn aros am ychydig ddyddiau yn yr ardal hon, fy mod wedi cael cwmni ffrind ar y daith yma, ond bod yn rhaid i mi fynd yn ôl fy hun.

'A oes gennych docyn y ddwy ffordd?' oedd ei gwestiwn nesaf.

Clywswn Madog yn sôn rhywbeth am docyn, ac yr oeddwn wedi deall bod cysylltiad rhyngddo â thrên, ac na cheid y naill na'r llall heb arian. Felly dangosais un o'm sofrenni i'r dyn, ac o weld honno, diflannodd unrhyw amheuon a allai fod ganddo, a chynigiodd geisio'r tocyn i mi. Gwnaeth hynny hefyd, chwarae teg i'w galon, a holodd yr un pryd sut yr awn i Lan Fadog. Bum munud wedi cyrraedd yr orsaf clywem sŵn y trên yn dyfod, ac ebe fy nghymwynaswr, 'Yr wyf am ofyn i'r giard gadw'i olwg arnoch wrth nad ydych yn gyfarwydd â theithio. Nid rhaid i chwi newid nes cyrraedd Amwythig, a rhydd ef chwi yn y trên am Ogledd Cymru yn y fan honno.'

Bendith ar y gŵr hwnnw pwy bynnag oedd! Rhyngddo ef a'r giard caredig cyrhaeddais Lan Fadog y noson honno.

Cerddais yn araf i'r Plas. Yr oeddwn wedi blino, a heb fwyta er y noson cynt, a phan ofynnodd Madog yn ei ddull mwyaf sarrug, 'Nansi, beth yw ystyr hyn?' torrais i lawr, gan anghofio gwers Nain ar ddewrder y *Romani*. Bûm yn crio am hydoedd, a Madog a Mrs. Jones yn methu'n lân â'm hatal. Wedi gorffwys awr neu ddwy a chael tamaid deuthum ataf fy hun yn ddigon da i fynd tros fy hanes. Wrth ei glywed lliniarodd digllonedd Madog, ac am yr hen famaeth, gwaeddai hi ers meityn.

'Rhag eu cywilydd, y taclau creulon!'

'Gwelaf fy nghamgymeriad erbyn hyn,' meddai Madog. 'Dylaswn fod wedi sylweddoli y byddai'r cyfnewid o un bywyd i'r llall yn rhy sydyn, a chofio am natur genethod yr un pryd. Af i nôl eich Nain bore yfory. Credaf y bydd hynny'n well nag i chwi fynd ati hi. Ac yn awr â Mrs. Jones a chwi i'r llofft, er mwyn i chwi gael gorffwys.'

Yr oedd meddwl na chawn weld y llwyth wedi fy holl ymdrechion, yn siom dirfawr. Blinaswn ormod i brotestio ar y pryd, ond penderfynais y mynnwn fynd gyda Madog yn y bore. Nid ystyriais y nosweithiau hiraethus, prin eu cwsg a dreuliaswn ers wythnos, na'r fath gymorth i gysgu tawel a fyddai'r teimlad fy mod yn nesu adref. Trawai hanner dydd pan ddeffroais trannoeth, ac yr oedd Madog wedi cychwyn i'w neges ers chwe awr. Gan ei bod felly'n afresymol i mi feddwl ei ddilyn, y ffordd rwyddaf yn awr i weld Nain oedd aros yn f'unfan. Fe'm cysurwn fy hun na byddai anhawster i'w pherswadio i adael i mi ddychwelyd yn ôl gyda hi i'r gwersyll. Ond pan welais hi, chwalwyd fy ngobeithion.

'Ni feiaf di am yr hyn a wnaethost,' meddai hi. 'Yn ôl yr

hanes a gefais gan Fadog Wyn, buont yn ffiaidd iawn wrthyt. Eithr fel y mae pethau ar hyn o bryd nid wyf am i ti ganlyn y gwersyll am rai blynyddoedd eto. Tybed na allwn ddyfod o hyd i rywle a phobl amgen na rheina'n byw yno?'

Trawodd Madog i mewn ar ei thraws, 'Yr wyf wedi cofio am le a wnâi'r tro i'r dim,' meddai'n frwdfrydig. 'Sut y bûm mor ddwl a pheidio â meddwl amdano o'r blaen sydd ddirgelwch i mi. Y mae yna hen gyfaill i'm tad yn ysgolhaig mawr, ac yn ddi-blant. Er nad yw ef na'i wraig yn gyfoethog, ni welais un cartref erioed a'i awyrgylch mor goeth a boneddigaidd. Flynyddoedd yn ôl arferent gymryd un neu ddau o blant a fyddai'n rhy wanllyd i'w hanfon i ysgol, i'w haddysgu ym Mhantglas. Ni wn a wnânt hynny'n awr, ond p'run bynnag am hynny, yr wyf yn sicr y câi Nansi dderbyniad yno fel cymwynas â mi, er mwyn fy nhad. Caiff gystal addysg ag a gaffai mewn unrhyw ysgol gan Mostyn a'i wraig, a phob caredigrwydd.'

Gwelwn y cymerai Nain yn well at y syniad hwn o lawer nag y gwnaeth at yr un am i mi fynd i'r ysgol. Haerai y gwyddai trwy reddf y *Romani*, y byddwn yn hapus a diogel ym Mhantglas, ac y byddai hithau'n berffaith dawel ei meddwl amdanaf.

Y DDEGFED BENNOD

Gwahoddwyd Nain i aros yn y Plas hyd drannoeth er mwyn i ni ein dwy gael ychydig oriau o gwmni ein gilydd; ac iddi fy ngweld yn cychwyn gyda Madog yn y bore am Bantglas. Wedi fy nanfon i'm cartref newydd, âi ef ymlaen i *Blackdene* i gyrchu fy nillad oddi yno, ac i hysbysu Miss Tomkins beth a feddyliai ohoni hi a'i hysgol. Golygai hyn gryn drafferth, a threth ar amser iddo, ond penderfynasai wneud y ddau orchwyl, ac ni chelai'r ffaith ei fod yn edrych ymlaen at yr ail gyda phleser neilltuol.

Yr oedd yn fwy anodd ffarwelio â Nain y tro hwn na'r tro cyntaf. Gwnaeth profiad chwerw yr wythnos flaenorol fi'n ofnus a drwgdybus o bawb a phopeth, a chrefwn ar i Nain fy nghymryd yn ôl gyda hi. Yr oedd ei theimladau hithau'n ddrylliog, ond daliai i ddweud, 'Er dy les dy hun yr wyf yn d'yrru di, *pirani*. Ti ddeëlli'r cyfan ryw ddiwrnod.'

Gwnâi Madog ei orau ar hyd y ffordd i godi fy nghalon, ond yn ofer. Dechreuodd f'arhosiad ym Mhantglas yn fwy anobeithiol, os oedd hynny'n bosibl, nag yn *Blackdene*. Ffarweliodd Madog â mi gan addo dyfod i edrych amdanaf cyn gynted ag y câi gyfleustra.

'Yr oeddwn wedi llwyr feddwl aros yn Llan Fadog am y gaeaf,' meddai wrthyf, 'ond echdoe cefais lythyr gan hen ffrind i mi sydd ar gychwyn i'r Aifft, ac yr wyf wedi penderfynu'n sydyn fynd allan gydag ef.'

Mor wahanol onide, i'r hen ŵr musgrell, di-symud a gofi di! Prin y dychmygai neb am hwnnw erioed yn gwneud dim ar ei ben fel hyn, ond dyna'r Madog a adnabûm i gyntaf. Yn sicr pe bawn wedi gweld y Syr Madog mewn pryd, ni byddai angen arnaf ysgrifennu'r hanes hwn i ti – ac ni byddit tithau ym Mhlas Madog i'w ddarllen ychwaith.

Wrth wrando arno addunedwn yn fy nghalon na byddwn i, beth bynnag, ym Mhantglas pan alwai heibio'r tro wedyn. Ond yr oeddwn yno er hynny, ac yn hapus ddigon hefyd, pan ddychwelodd ef o'r Aifft ymhen y ddwy flynedd.

Bu arnaf hiraeth dychrynllyd, ond nid oedd yma wawd na sen. Cefais garedigrwydd di-ben-draw gan Mr a Mrs Mostyn, ac yn raddol deuthum i gynefino â'u dull hwy o fyw. Fel y treiglai amser ymlaen, ymddangosai'r hen fywyd yn bell, ac megis breuddwydion.

Ni chlywais ddim o hanes y llwyth drwy gydol yr amser y bu Madog i ffwrdd. Bob chwarter deuai amlen gofrestredig i Mr Mostyn a minnau, y blaenaf i dalu am fy lle, a'r ail yn cynnwys papur pumpunt i mi fy hun. Ni byddai byth air ynddynt, ond gwyddwn mai Nain a'u hanfonai, ac amheuwn fod a wnelo Robin â hwy hefyd, gan mai ef oedd yr unig un, heblaw Reuben a mi, yr ymddiriedai hi ei negeseuon iddo.

Ac eithrio'r amser y bu yn yr Aifft, deuai Madog i edrych amdanaf unwaith neu ddwy bob blwyddyn, a gwelwn ei fod yn fodlon ar y cynnydd a wnawn. Yn wir, anodd iddo oedd bod yn amgen. Amhosibl a fyddai cael dau athro gwell nag a oedd gennyf, ac yr oedd fy holl galon innau yn y gwersi.

Parhâi Madog i ymweld â'r llwyth yn awr ac yn y man, er na buont byth yn Llan Fadog wedyn. Trwyddo ef cawn eu hanes yn ystod blynyddoedd olaf f'arhosiad ym Mhantglas. Dywedai fod Nain mor fywus ag erioed, er nad oedd ond croen, esgyrn, ac ysbryd. Teimlwn hiraeth wrth ei chofio, a synnwn paham na ddeuai hi i edrych amdanaf.

Un diwrnod, wedi i mi fod bum mlynedd i ffwrdd, daeth Madog heibio'n annisgwyliadwy.

'Yr wyf am fynd â chwi i edrych am yr hen deulu heddiw, Nansi,' ebr ef. 'Y mae gennyf gerbyd wedi'i logi, a rhyngddo ef a'r trên dylasem gyrraedd atynt cyn nos. Bûm yno ddoe, ac y mae ar eich Nain hiraeth mawr am eich gweld.'

Ni bûm fawr o dro'n hwylio. Ffarweliais yn annwyl â Mr. a Mrs. Mostyn gan addo dychwelyd yn fuan. Ychydig a feddyliais o dan ba amgylchiadau y deuwn yno'r tro nesaf. Wedi rhai milltiroedd gadawsom y cerbyd am y trên, ac yna cerbyd wedyn. Dywedai Madog ein bod wedi teithio tros hanner can milltir rhwng y cyfan, ond nid ymddangosai'r siwrnai'n faith i mi. Gallai ef, pan fynnai, fod yn gwmni difyr iawn, a gwelai'n dda fod felly'r diwrnod hwnnw. Cawsom fwyd rai gweithiau ar y ffordd – y pryd olaf i wneud yn lle swper, meddai ef. Yr oedd yn llwydnos pan welais oleuni tân yn y pellter, a amlygai fod pen y daith yn agosáu.

'Dacw nhw,' gwaeddais yn llawen.

Rhoddodd Madog ei law ar fy mraich, 'Rhaid i chwi gofio, Nansi, fod pum mlynedd er pan aethoch i ffwrdd, ac nid gwiw i chwi ddisgwyl cael eich Nain yr un fath â phan welsoch hi olaf. Y mae wedi bod yn sâl, ac wedi heneiddio llawer.'

Sobrodd hyn fi. Ni feddyliais erioed am saldra a marw ynglŷn â Nain. Gwyddwn ei bod yn hen wrth gwrs, ond yn ôl fy nghof i amdani yr oedd mor iach a heini â merched ddeugain mlynedd yn iau na hi. Yn awr rhuthrodd pob math o ofnau i'm meddwl a daeth arswyd rhyfedd arnaf. Megis mewn breuddwyd dilynais Fadog at yr hen dent blancedi yn y gornel. Clywn ef yn siarad â rhywun o'r tu mewn; yna galwodd arnaf, ac anturiais ymlaen. Cyfarfûm ag un o ferched y llwyth yn y drws ar ei ffordd allan, ac ebr hi, –

'Y mae hi'n disgwyl amdanoch ers oriau.'

Euthum i mewn, ac am funud methwn a gweld dim yn llewych gwan y gannwyll nos a losgai yno. Ond cyn i'r llais crynedig o'r gornel alw, 'Nansi, *bita pirani*, ti ddoist o'r diwedd!' Yr oeddwn wedi arfer digon â'r tywyllwch i allu gweld Nain yn hanner eistedd ac yn hanner gorwedd ym mhen draw'r babell. Penliniais wrth ei hochr, a'm breichiau'n dyn amdani. Er fy mraw ymollyngodd i wylo. Yr oedd hyn yn beth mor anghynefin yn hanes Nain fel y gwyddwn heb weld ychwaneg na hynny bod rhywbeth mawr o'i le. Yr oeddwn ar hyd y blynyddoedd wedi cario cof amdani fel gwraig fawr dal, ond heddiw gwelwn hi cyn lleied ac mor wannaidd â phlentyn.

'Ti gyrhaeddaist o'r diwedd, *pirani*. Pe gwyddit fy hiraeth amdanat, 'rwy'n sicr y buasit wedi dyfod ynghynt.'

'Ond, *phuri dai* annwyl, chwi ddywedodd fod yn rhaid i mi aros i ffwrdd hyd yr anfonech ataf.'

'Ie, merch fach i, mi wn i hynny. Nid oedd yn wiw i ti ddyfod hyd yr anfonwn i'th nôl. Nid anfonwn yn awr ychwaith oni bai fy mod i'n gwybod na welwn i di byth, os oedwn yn hwy.'

Gyrrodd hyn finnau i grio, a llefais, 'Pam? O pam na baech wedi anfon ynghynt?'

'Yr oedd gennyf resymau ddigon, fy ngeneth i. A wyddost i mi fod yn edrych amdanat ti dair gwaith tra buost ym Mhantglas?'

'Naddo, *phuri dai*, ni buoch yn edrych amdanaf o gwbl,' cywirais hi, mor dringar ag y medrwn. Clywswn lawer gwaith fod meddyliau pobl glaf yn crwydro, ac ofnwn mai dyna a wnâi meddwl Nain.

'Do, ond welaist ti mohonof i. Diwrnod a noswaith yr arhosais yn y pentref bob tro, a gwelais di lawer gwaith.'

'Ond pam na buasech chwi yn dyfod ataf? Pe bawn i ond wedi gwybod!'

'Nid oedd eisiau i ti wybod. Pe sylwai pobl fod yr hen sipsi a'r ferch ifanc o Bantglas yn adnabod ei gilydd, byddai digon o siarad a streua?' 'Pa waeth?' gofynnais yn boethlyd, 'a ydych chwi'n meddwl fod arnaf gywilydd o'm Nain?'

'Pe cawn i le i gredu hynny, buasai arnaf innau gywilydd ohonot tithau.' Fflamiai peth o'r hen dân yn ei llais wrth ddweud hyn. 'Nid dyna fy rheswm i o gwbl.'

Holodd fi ynghylch Pantglas, a'r gwersi a ddysgwn yno.

'Clywais gan Fadog Wyn', meddai 'dy fod yn dyfod ymlaen yn od o dda a bod dy feistr yn dweud y gellit fynd i'r Coleg unrhyw ddiwrnod. Chei di ddim mynd, ychwaith. Fu erioed ddaioni o ferched rhy ddysgedig.'

Gwanhâi'i llais eto, ac erfyniais arni geisio cysgu ychydig.

'Gallaf fynd i gysgu yn awr, a thithau wedi cyrraedd,' meddai. 'Galw ar Fari i mewn, *pirani*. Erys hi'n gwmni i mi'r nos. Na, ni chei di aros,' pan awgrymais mai fy lle i oedd hynny. 'Yr wyt wedi blino, ac yr wyf wedi dweud wrthynt am godi pabell i ti yn ymyl hon.'

YR UNFED BENNOD AR DDEG

Treuliais noson anesmwyth yn y babell fach. Unwaith yr oedd meddwl am gysgu o dan do'n benyd, ond erbyn hyn cysgu yn yr awyr agored oedd yn ddieithr. Bûm yn troi ac yn trosi am oriau – yn meddwl am Nain ac yn ofni ei bod hi'n wael iawn. Yr oedd saldra mor anghynefin i mi, fel y teimiwn yn gwbl ddiallu a diamddiffyn i ymladd ag ef. Meddyliwn wedyn ymhle'r oedd Robin tybed, na ddaethai i'm cyfarfod? Cysgais wedi toriad dydd, ond ni bûm yn hir cyn i gyffro'r gwersyll fy neffro. Codais a gwisgais, a llithrais yn ddistaw at babell Nain. Daeth Mari i'm cyfarfod gan wneud arwydd fod y claf yn cysgu.

'Y mae'r Doctor yn gwneud ffisig iddi at y nos,' sisialai, 'neu ni chwsg hi'r un eiliad. A dywed ef fod perygl mawr ei deffro'n sydyn o'r cwsg hwn.'

Crwydrais oddi amgylch, gan dderbyn croeso cynnes gan y Teulu. Holais am Robin a'i dad a chefais wybod mai'r bore hwn y disgwylid hwy'n ôl. Pasiodd Betsi fi heb gymryd un sylw ohonof, a gwybûm na leddfodd ei hen elyniaeth ataf ddim. Teimlwn hi'n dra chwithig golchi fy wyneb yn y nant yng ngŵydd pawb, ac ystyriwn eu dull o fwyta erbyn hyn yn drwsgl iawn. Dychmygwn eu bod hwythau'n edrych arnaf fel un o'r *gauji*.

Oddeutu wyth y bore galwodd y meddyg heibio, ar ei ffordd i le arall. Nid oeddwn am fynd i'r dent gydag ef, rhag cynhyrfu Nain, ond arhosais amdano wrth y drws.

'Ho,' meddai, pan welodd fi, 'ai chwi yw'r ŵyres y bu cymaint o ddisgwyl arni?'

Dywedais mai ie.

Chwarddodd, 'Wel, y mae'n rhaid i mi gyfaddef bod golwg digon ledîaidd arnoch, ond mi gymeraf fy llw er hynny, mai sipsi ronc ydych chwi yn y bôn, er eich cainu fymryn.'

Ar unrhyw adeg arall buaswn yn ddig wrtho am siarad fel y gwnâi. Yn awr llenwid fy meddwl gan beth pwysicach, ac er i mi gofio'i eiriau byth, prin y sylwais amynt ar y pryd.

'Dywedwch wrthyf,' meddwn yn bryderus, 'sut y mae Nain heddiw?'

'Pur symol yn wir,' oedd ei ateb, 'er ei bod yn sioncach y bore yma wedi cael cyntun go dda neithiwr.'

'Beth sydd arni, Doctor? A yw hi mewn perygl o ... o ... o farw?'

'Marw raid i bawb 'y 'ngeneth i, ac y mae'ch Nain wedi troi'i phedwar ugain a deg, cofiwch. Nid oes dim afiechyd arni hyd y gwn i, ond henaint, a chlwyf yw hwnnw nad oes gwella arno.'

Teimlwn fod popeth yn chwalu os oeddwn i golli Nain. Hyhi oedd yr elfen fwyaf rial yn fy mywyd. Hoffwn Mr. a Mrs. Mostyn yn iawn, ond ar ôl treulio dim ond un noson oddi wrthynt, ymddangosent fel pobl ddieithr i mi; tra yr oedd Nain mor fyw yn fy nghof, wedi pum mlynedd o absenoldeb, a phe bawn yn ei gweld bob dydd. Euthum i mewn ati'n ddistaw, er mwyn gwybod drosof fy hun sut yr oedd. Yr oedd y gwahaniaeth ynddi'n fwy eglur yng ngolau dydd, a chefais drafferth i beidio ag ymollwng.

'Nid wyf am i ti aros yma'n hir y bore yma,' ebr hi. 'Addawodd Robin fod yn ôl oddeutu'r naw, ac un da yw ef am gadw'i air. Felly gwell i ti fod allan, er mwyn cael sgwrs gydag ef. Gorffwysaf innau, ac yn y prynhawn pan fydd y lle'n ddistawach, caf siarad â thi.'

Ufuddheais, a chrwydrais o gylch y gwersyll. Cyn hir gwelwn Reuben a Robin yn nesáu. Rhedais atynt, gan foddi pob gofid yn y balchder o'u cyfarfod.

'Nansi fach wedi tyfu'n ferch ifanc!' meddai Reuben, wedi i'r cyfarch cyntaf fynd drosodd. 'Nid yw ond megis doe gennyf feddwl am ei mam yr un oed â hi.' Yna trodd ar ei sawdl, a cherddodd ymaith yn gyflym.

'Rhaid i mi roi fy mhig i mewn i ddweud wrth dy Nain fy mod wedi cyrraedd, a chipio tamaid o frecwast,' meddai Robin, 'ac wedyn efallai y deui di am dro bach fel ers stalwm.'

Cydsyniais, ond tra bu Robin yn bwyta, galwodd Madog i edrych am Nain. Ni chafodd yntau aros llawer gyda hi, a hebryngais ef i lawr i fin y nant. Dilynodd Robin ni, ac megis ar y diwrnod hwnnw gynt yn y Plas, ni chytunai'r ddau yr un funud. Chwythai dull araf, gwawdlyd Madog, dymer Robin yn wenfflam. Yr oedd blynyddoedd er pan fûm yng nghwmni neb a ddywedai'i feddwl yn syth allan fel y gwnâi Robin, ac o ganlyniad ymddangosai Madog gymaint yn fwy moesgar a boneddigaidd yn fy ngolwg, fel yr enillodd fy nghydymdeimlad. Ni sylweddolwn y pryd hwnnw mor ddwfn y brathai geiriau llyfn Madog. Rhyw anafau bychain ar y croen a wnâi Robin wedi'r cyfan. Ni byddai dim o'u hôl erbyn trannoeth, ond parhâi creithiau brathiadau Madog am oes.

Yr oedd yn ollyngdod i'r tri ohonom pan ddaeth yn amser cinio. Trodd Madog am ei lety, a Robin a minnau'n ôl i'r gwersyll. Fel hyn, pan euthum i mewn at Nain y prynhawn, nid oeddwn wedi cael cyfle i siarad mewn gwirionedd â Robin, er ein bod wedi torri geiriau â'n gilydd.

'A fuost ti'n siarad â Robin?' oedd ei gofyniad cyntaf. 'Bachgen iawn yw Robin – y gorau o'r llwyth o ddigon. Y mae fel ei dad, yn ffyddlon hyd angau. Gofynnais iddo wylio o gwmpas y dent y prynhawn yma, am fod arnaf eisiau siarad â thi. Ni ddaw neb ar ein traws nac i wrando, tra bydd Robin o gwmpas. Y mae'n gysur mawr i mi feddwl y cei di ef i'th helpu di i lywyddu'r llwyth yma. Golyga ar y mwyaf o waith i ferch ei hun, yn enwedig yn awr pan ganiatëir i bob strêl gymysgu â ni. Gelwais y llwyth ynghyd wythnos yn ôl i ddweud wrthynt mai ti a Robin sydd i gymryd fy lle i, ac os digwydd i un fod i ffwrdd, bod yr awdurdod i gyd gan y llall.'

'Nid wyf am fod yn benaethes, *phuri dai*. Yr ydych chwi'n edrych lawer yn well heddiw, ac yr wyf yn siwr y cryfhewch eto.'

'Na, na, y mae f'amser i'n rhedeg yn brin, a'r cysur mwyaf sydd gennyf bellach yw cofio am y brigyn hwnnw a dorraist ti a Robin, ers talwm.'

Yr oeddwn wedi llwyr anghofio'r brigyn, ac aeth ias drosof wrth weld y golygai Nain i mi briodi Robin. Nid y Robin a adwaenwn i'n wyth oed oedd yr un y cyfarfûm ag ef y bore hwnnw, a minnau'n ddwy ar bymtheg. Dyn dieithr eto, oedd yr olaf i mi. Tybiais mai doethach a fyddai gohirio egluro fy safle hyd dro arall, gan yr amlygai Nain awydd i wneud y siarad i gyd ei hun y prynhawn hwn.

'Er pan wyf yn gorwedd yma, fe ddaeth i mi y dylaswn ddweud hanes dy dad a'th fam wrthyt ti. Gwn na wyddost mohono. Ni feiddiai'r un o'r Woodiaid ei adrodd wrthyt, a minnau wedi gorchymyn iddynt beidio. Penderfynais flynyddoedd yn ôl na chaet ei glywed byth, ond gwn bod y dirgelwch ynglŷn â hwy wedi dy flino'n aml. Efallai hefyd wedi i mi fynd y cymerai rhywun fantais ar hynny i ddweud llai neu ychwaneg na'r gwir wrthyt, a thithau heb wybod mai cam liw oedd. Felly, er dy fwyn di a Rebeca, mi ddywedaf y cyfan wrthyt, er na fedrais i sôn amdano o'r blaen wrth neb ond Reuben, ac mewn distawrwydd y bydd ef a minnau'n cyd-gofio.'

'Gadewch iddo heddiw,' erfyniais. 'Byddwch yn gryfach yfory.'

'Na, gorau po gyntaf. Yr wyf yn gwrthod marw ers wythnos am fy mod yn dy ddisgwyl di adref; ond ni all un herio angau'n hir. Cei eglurhad yn awr ar bopeth a fu'n dywyll i ti.'

Y DDEUDDEGFED BENNOD

'Priodais yn ifanc iawn, a bu i mi lawer o blant. Cyn geni'r deuddegfed syrthiais oddi ar dorlan uchel, ac am oriau wedyn ni wyddwn ddim oddi wrthyf fy hun. Yr oedd y baban, pan ddaeth, yn farw; a thybiais i, a phawb arall, mai ef a fyddai'r olaf. Tyfodd y lleill yn blant iach cryf, ond mai plant eu tad oeddynt – wedi eu geni i ufuddhau ac nid i arwain. Ti gofi amdanynt – yn eithaf yn eu lle, ond mor anabl i reoli'r llwyth ag y buaswn i i gerdded y moelydd heddiw. Y mae'n ddigon hawdd gwneud pen arnynt fel ar eu tad, chwarae teg i bawb, ac mi roddaf i fy ngair na chei di a Robin ddim trafferth gyda hwy, ond i chwi ofalu am ddigon o fwyd a diod a chwsg iddynt. Yr oedd yr ieuengaf o'r rhain yn ddeunaw oed pan aned Rebeca, dy fam di. Am ei bod gymaint yn iau na'r lleill, ac wedi costio'n ddrutach i mi, fe'i cerais yn fwy na'r un o'm plant. Y hi oedd plentyn fy henaint, ac yr *oedd* hi'n dlws! Hoffid hi gan bawb a'i gwelai. Gallai Rebeca ddarllen ac ysgrifennu hefyd. Efallai na wnâi hi hynny cystal ag y gwnei di, ond tybiwn i yr adeg honno ei bod yn fedrus iawn.

'Gwnawn fy ngorau i'w rhwystro rhag cymysgu â gweddill y llwyth, a dyna fy nghamgymeriad cyntaf. F'amcan i oedd ei chadw rhag dysgu ffordd erwin rhai o'r merched eraill. Gwelwn hefyd ynddi hi, rhagor nag yn y plant eraill, obaith am un i'm dilyn fel brenhines yr Woodiaid, a chredais y byddai gosod haen o ddirgelwch o'i chylch, yn gymorth iddi yn y dyfodol. Eithr yr effaith a gafodd oedd pellhau ei thylwyth oddi wrth Rebeca, ac nid ei dieithrio hi iddynt hwy. Ymdrechais rhag i ti fynd i deimlo felly ac os oes arnat gywilydd o'th deulu, y mae'r holl addysg a gefaist yn ofer.'

'O, *phuri dai*,' meddwn, 'chwi wyddoch na theimlais erioed gywilydd o'm tylwyth.'

Gwasgodd fy llaw, ac aeth ymlaen â'i stori, 'Yr oedd ar fechgyn y llwyth i gyd eisiau Rebeca'n wraig, ond ni wnâi'r un ohonynt y tro ganddi.'

'Reuben yn un,' ebe myfi, yn falch o'r hyn a dybygwn a brofai fy nghraffter mawr.

'Ie, Reuben druan! Llwyddodd Betsi, drwy ryw ffordd na ddeëllais i'n iawn, i'w rwydo i'w phriodi hi, ac yntau'n caru Rebeca o hyd, a phan gollwyd fy mhlentyn, i Reuben a minnau y bu'r galar ddyfnaf. Pan gyrhaeddodd hi ei phump ar hugain oed, ac yn sengl o hyd, dechreuais bwyso arni am benderfynu ar un o'r llanciau, ond troi'r peth o'r neilldu a wnâi hi. Ni ddymunwn iddi fod yn hen ferch, er fy mod yn dechrau ofni mai dyna a fyddai. Cadwai sŵn wrthyf beunydd am garafan yr un fath â'r sipsiwn Seisnig. Gwell oedd gennyf i ein dull ni yng Nghymru o gario'n clud ar gefn ceffylau a mulod, a phabelli'r nos, eithr nid oedd hynny ond mater dibwys yn ymyl cysur Rebeca.

'Clywais fod gan y Lovells garafan dda ar werth, a threfnais i gyfarfod â hwynt er mwyn bargeinio. Prynais hi, a thybiais ar y funud, wrth weld balchder Rebeca ohoni, fy mod wedi gwneud tro doeth. Ni siaradai'r Lovells hyn y *Romani* fel y gwnawn ni, ond yr oedd un ohonynt yn ei medru. Brian Lovell oedd ei enw, ac ef a werthodd y garafan i mi. Ond bu'n siarad ein hiaith â rhywun heblaw'r hen Nans. Ymhen y mis daeth ar ein holau, ac i'r garafan at Rebeca a minnau. Hysbysodd fi ei fod mewn cariad â'm merch, ac wedi cefnu ar ei lwyth ei hun, er mwyn ei dilyn hi. Teimlwn yn anfodlon iawn. Myfi ar hyd y blynyddoedd wedi ymladd i gadw gwaed y llwyth yn bur, rhag cymysgu ag estroniaid, a'm *chai* i fy hun yn gyntaf i dorri'r rheol!'

Gorfu i Nain orffwys am ysbaid hir yn awr. Ofnais ei bod ar lewygu, ond rhwystrai fi rhag galw ar neb. Rhoddais lwyaid o ffisig iddi, ac erfyniais arni adael gweddill yr hanes hyd drannoeth. Ni fynnai hi mo hynny, a phan arafodd ei hanadl amneidiodd arnaf i ail-eistedd i wrando.

'Yr oedd Rebeca mor benderfynol nes fy synnu. Buom am ddyddiau'n dadlau'r peth. Dywedais wrthi fod y planedau'n dangos na ddeuai un da o'r briodas, a bod cwmwl du ar y *dukkeripen*. Yr oeddwn ar fai mewn gwirionedd i fynd i holi'r planedau ynghylch fy nheulu fy hun, ond beth a wnei di! Addunedais na wnawn i byth wedyn, ac mi gedwais fy ngair, fel y gwyddost. Ond ni wrandawai Rebeca ar na *dukkeripen* nac arall, a'r diwedd a fu i mi ildio – ond yn groes i'r graen, yn groes i'r graen, *pirani*. Ceisiais ohirio'r briodas, am nad oedd blodau ar y banadl i ddwyn lwc dda i'r pâr ifanc. 'Chei di ddim teulu mawr,' meddwn wrthi, 'heb fod blodau ar y banadl.' Ond y cwbl a ddywedai Rebeca oedd, 'Nid plant sydd arnaf eisiau *daia*, ond Brian.'

'Rhaid i mi gyfaddef i'r *Kaulo Camloe* wneud dy fam yn hapus iawn y ddwy flynedd y buont yn byw yn y garafan. Deuthum innau i allu dygymod ag ef yn eithaf erbyn dy eni di. Sylwn yn aml ei fod yn anfodlon iawn i ni droi i gyffiniau Lloegr, ond gan na bûm innau erioed yn hoff o'r gororau ni welwn ddim bai arno am hynny. Felly, gan ein bod yn cadw mor gartrefol, ni tharawsom ar yr un o deulu Brian yn ystod yr amser hwn, na chlywed siw na miw amdanynt.

'Un diwrnod dyma air fod mintai o'r Lovells wedi cyrraedd y gymdogaeth yr oeddem ni ynddi, ac yn gwersyllu gerllaw. Cynhyrfodd dy dad drwyddo, a mynnai gychwyn oddi yno ar unwaith. Safwn innau'n bendant yn erbyn. Yn un peth, teimlwn bod y dieithryn hwn wedi mynnu digon o'i ffordd ei hun oddi arnaf eisoes. Felly rhoddais daw arno trwy ddweud, 'Brian Lovell, nid o'm bodd i y daethost ti yma. Os wyt yn euog o rywbeth sy'n peri i ti ofni wynebu dy dylwyth dy hun, yr wyt yn fwy annheilwng o Rebeca nag y meddyliais dy fod ddwy flynedd yn ôl.'

'Ti gofi mi wrantaf am y noson y penderfynais dy yrru di i'r ysgol, ac am y ferch a barodd gymaint o fraw i ti. Nid oedd y noswaith honno ond ail-adroddiad gwan o'r noson yr wyf yn adrodd ei hanes wrthyt yn awr. Eisteddem o gylch y tân fel y gwnaem y tro y gwyddost ti amdano. Awr machlud oedd, a'r awyr mor nodedig o hardd nes tynnu sylw'r *griengroes* hyd yn oed. 'Y mae'r awyr ar dân,' meddent, 'daw'n ystorm fawr cyn hir.' Gwyddwn i na ddeuai da o'r machlud hwnnw, ac ofnwn. Cofiwn iddynt gario fy nhad adref yn farw, a'r awyr yn fflam uwchben; ac am eiriau fy mam fod y cymylau tân bob amser yn arwydd o ofid i ddisgynyddion Stanley Wood.

'Ac yna fe ddaeth HI. Yr oedd y cymylau trymaidd fel petaent yn mygu pob sŵn ond carlamiad ei march. Gwyn oedd ef fel yr un a welaist ti, ond bod yr un a'i marchogai'n eneth ifanc hardd yr adeg honno.

Am flynyddoedd wedyn ni chysgais noswaith heb freuddwydio am Rebeca'n marw, ac am lygaid ofnadwy Alana Lee. Pan welodd Brian hi – gyda'i gwisg o felfed lliw'r gwaed yn orchuddiedig â thlysau, a'i gwallt gwinau'n chwifio o'i hôl – neidiodd ar ei draed i sefyll rhyngddi â'th fam, a eisteddai yno'n dy fagu di.

'Dyma fi wedi dyfod Brian Lovell,' ebr y ferch, gan ei rythu â'i llygaid. 'Onid oes gennyt air o groeso i'th hen gariad, a thithau i fod i'w phriodi hi, y diwrnod y cymeraist ti'r baban yna a'i charafan. Un gŵr rhwng dwy! Ha, ha. Yr wyf i'n fodlon os yw hi.'

'Rhoddodd dy fam ysgrech, a cheisiodd Brian siarad, ond nid oedd waeth iddo heb.

'Y mae amser dial wedi dyfod arnoch eich dau. Ni chaiff neb ddifetha bywyd Alana Lee, heb dalu am hynny â'u bywydau eu hunain. Ac am dy blentyn – '

'Neidiodd Rebeca ar ei thraed, 'Na, nid y plentyn,' llefodd,

'Gwna a fynnot â mi, ond arbed fy ngeneth fach.'

'O,' meddai'r llall yn sarhaus, 'ni wnaf ond dymuno iddi anian ei thad. Ni bydd hynny'n ddim cosb yn d'olwg di. Caiff garu dau ddyn, a dau fywyd, a methu dewis rhyngddynt nes ei bod yn rhy ddiweddar. Caru dau, heb garu'r un yn ddigon! Dyna a fydd ei melltith hi.'

'Ar y gair dyma'r fellten fwyaf ofnadwy a welodd neb erioed. Syrthiodd Rebeca'n gelain, a charlamodd Alana ymaith gan floeddio, 'Fe ddaw! Fe ddaw! Y mae'r dial yn ymyl!'

Gorweddodd Nain yn ôl wedi llwyr ddiffygio, ond ni wrandawai ar f'ymbil ar iddi orffwys.

'Na,' meddai'n wannaidd, 'Y mae'r darn mwyaf anodd heb ei ddweud, a'r amser yn myned yn brinnach o hyd. Ti ddeëlli'n awr oni wnei, paham y cynhyrfais gymaint wrth weld Alana Lee yr eilwaith?'

'Bu Rebeca'n hir yn dyfod ati'i hun, ac uwch ei phen dywedais yn chwerw wrth ei gŵr, 'Daeth f'ofnau i ben. Gwyddwn y deuai melltith o gymdeithasu â Lovell.'

Atebodd fi'n ddigon gonest, mi gredaf.

'Peidio â chyfaddef y gwir wrthych chwi a Rebeca yw fy mhechod mwyaf. Ni cherais i erioed mo Alana, fel y cerais fy ngwraig. Fy nhad i a'i thad hithau a drefnodd i ni briodi, a chyn gweld Rebeca ni wrthwynebais innau.'

Y DRYDEDD BENNOD AR DDEG

Aeth Nain ymlaen â'i stori:

'Bu'n ystorm fawr o fellt a tharanau drwy'r nos, ond ar doriad gwawr y bore mynnai Rebeca gychwyn ymaith. "Y mae melltith yma," meddai a chlywn innau eco'r geiriau yn fy nghalon. Anfonid y ceffylau a'r garafan ar gylch o bum milltir er mwyn cael pont i groesi. Yr oedd llif yr afon wedi'r storm yn rhy gryf iddynt ei rhydio. I arbed amser trefnodd Brian, Rebeca, a minnau, ac ychydig o'r lleill, gerdded a chroesi'r bompren fach oedd yn ymyl. Aeth y gwŷr trosodd yn gyntaf, a minnau wedyn. Safodd Rebeca wrth enau'r bont, bron fel petai am droi yn ôl, ond galwodd rhai ohonom arni, a daeth ymlaen yn araf deg. Ar hynny, dyna dwrf mawr, a'r afon fel petai'n ymgynddeiriogi. Holltodd y bont drwy'i chanol, ac ysgubwyd darnau ohoni ymaith. Cafodd Rebeca afael yn un o'r pileri, a chyda'i llaw arall ceisiai dy ddal di'n uwch na'r cenlli. Yr oedd mewn lle arswydus, ac yr wyf wedi gorfod edrych arni ynddo bron bob nos er hynny. Ni allai symud yn ôl nac ymlaen, ac nid oedd obaith ei hachub heb i rywun allu nofio'r llif, oedd erbyn hyn mor gryf ag angau.

'Taflodd dy dad ei got i ffwrdd, a chan weiddi "Rebeca," rhoddodd lam i'r dwfr. Cuddiais fy wyneb yr adeg honno, gan sibrwd drosodd a throsodd "Y Felltith". Pan agorais fy llygaid drachefn, ni ddisgwyliwn weld Brian, ond er fy syndod yr oedd yn dal i ymladd ei ffordd at dy fam a thithau. Cyrhaeddodd chwi hefyd, a gwelwn Rebeca'n dweud rhywbeth yn gynhyrfus wrtho. Boddai trwst y dwfr ei llais, ond gwyddwn ar y ffordd y daliai di allan ato mai ei berswadio i'w achub ei hun a'i blentyn a wnâi.

'Y peth nesaf a welwn oedd Brian yn ymladd â'r cenlli eto, ac yn ceisio dy gario dithau yr un ffordd. Ni feddyliais am funud y cyrhaeddai'r lan, ond fe wnaeth. Rhoddodd di yn fy mreichiau, gan ddweud, "Bydd baban Rebeca yn eich gofal chwi'n awr. Maddeuwch y gofid a dynnais amoch. Rhaid i mi fynd yn ôl ati hi."

'"Aros," llefais, "rhedodd y bechgyn i ymofyn rhaffau. Byddant yma gyda hyn."

'"Bydd Rebeca wedi mynd cyn y cyrhaeddant hwy. Ni ddeil ei nerth lawer eto, a rhaid i mi fynd i rannu melltith Alana â hi."

'Ac fe aeth, a phrin y cyrhaeddodd ati nag yr ysgubwyd y piler a gweddill y bont i ffwrdd. Aethai ef yn rhy wan erbyn hyn i geisio nofio, a ninnau ar y lan yn methu estyn ymwared.

'Cafwyd hwy trannoeth – ddwy filltir i lawr yr afon – y ddau ym mreichiau'i gilydd o hyd.

'Ti wyddost yn awr paham y rhwystrais di rhag croesi'r bont lle y collwyd bywyd dy dad a'th fam. Ofnwn i gysgod y drychineb ddisgyn ar dy blentyndod di, a cheisiais d'amddiffyn rhagddo.'

Yr oedd Nain yn fwy hunan-feddiannol na myfi erbyn hyn. Teimlwn fel pe bai holl ofidiau'r diwrnod hwnnw'n curo arnaf. Gwelwn fy nhad a'm mam, Nain, Reuben, ac ie! Alana Lee hefyd. Ceisiais sychu fy nagrau i roddi hynny o gysur a allwn i un ohonynt.

'Buoch yn llwyddiannus iawn, *phuri dai*,' meddwn, gan blygu drosti. 'Ni feddyliais i ond y nesaf peth i ddim am fy rhieni, hyd o fewn ychydig amser i ddyddiau f'ysgol.'

'Gwneuthum fy ngorau i ti, yr unig drysor oedd gennyf i gofio am Rebeca. Na, beth wyf yn sôn! Onid oedd yr awyr, yr afon, ac yn bennaf oll yr ystorm – y cwbl yn f'atgofio amdani?'

Ni allwn beidio â holi beth a ddaeth o Alana Lee.

'Wn i ddim. Cedwais fy ngolwg arni er pan fu yma yr eiltro, bum mlynedd yn ôl, ond ers misoedd bellach ni chlywais air o'i hanes, ac ni ŵyr neb o'r rhai a arferai anfon yn ei chylch ddim amdani. Buaswn wedi dy geisio adref yn gynt, pe gallwn fod yn sicr nad oedd hi'n gwylio. Y mae'n hen arfer ganddi ymddangos am dymor, a diflannu'n sydyn wedyn. Collodd olwg arnat pan anfonais di i Bantglas, ond y mae mor gyfrwys fel yr ofnwn ei bod yn ein gwylio ni, gan gredu yr arweiniai un ohonom hi i'th guddfan yn y diwedd.

'Dyna paham na ddeuthmn i'r tŷ i holi amdanat. Ni wyddwn na allai hi glywed drwy ryw ffordd neu'i gilydd i'r hen Nans gael ei gweld efo geneth ifanc, a buasai hynny'n ddigon i'w rhoi ar ben y ffordd atat. Ni fynnwn iddi dy ddychryn di fel y dychrynnodd hi Rebeca, na rhoddi ei melltith arnat ychwaith. Yn awr, dyma ti wedi tyfu i fyny, ac yn gwybod y gweddai i ti ochel rhagddi, ac y mae Robin erbyn hyn yn ddigon o ddyn i'th amddiffyn di.'

Yr oedd y nerth rhyfedd a'i cynhaliodd drwy'r prynhawn, yn pallu, ond yr oeddwn am ofyn un peth yn rhagor iddi. Madog a'i hawgrymodd y bore.

'A garech chwi i mi ofyn i'r person ddyfod i edrych amdanoch, *phuri dai*?'

'Na *pirani*, bûm fyw heb nac offeiriad nac eglwys. Ni fynnwn sarhau na Christ na Mair drwy redeg atynt ar yr awr olaf. Gadaf ar eu anrhydedd bellach. Hyd y gallwn, ni wneuthum i erioed dro sâl â'r un o'm pobl a thybed na byddant hwy eu dau mor ofalus ohonof i, ag y bûm i o'r Woodiaid?'

Tawelodd yn awr, a llithrodd i gwsg esmwyth, gan ddal yn dyn yn fy llaw. Yr oeddwn yn falch o'i gweld yn cysgu heb y ffisig nos, ac ail gydiais yn y cysur o feddwl efallai y gwellhâi am ychydig eto. Eisteddais yn f'unfan nes dyfod Robin i'r drws i alw, 'Y mae'n amser i ti gael tamaid, Nansi.'

'Y mae Nain yn cysgu ers meityn,' sibrydais, 'ac mae arnaf ofn ei deffro.'

Camodd Robin i mewn, a rhoddodd ei law ar ei thalcen. Goleuodd fatsen i weld yn well, ac meddai, 'Tyrd oddi yma Nansi fach. Y mae Nain wedi marw.'

Methwn a chredu. Munud yn gynt buaswn yn tystio i mi eistedd yno oriau, yn cydio yn ei llaw. Yn awr teimlwn nad oedd ond ychydig funudau ers pan siaradai â mi. Rhaid oedd cymryd fy narbwyllo fodd bynnag, a throi i'm pabell fach y noson honno yn teimlo fy mod yn amddifad yn wir.

Y BEDWAREDD BENNOD AR DDEG

Daeth Madog heibio drannoeth, a chefais yr argraff ei fod lawer yn fwy teimladwy na neb yn y gwersyll. Credaf fod yr Woodiaid i gyd yn hoff o Nain, ond iddynt hwy, nid oedd ei marw ond peth i'w ddisgwyl. Ni sylweddolent mor sydyn oedd ei marw i mi, a thybient mai ceisio dynwared arferion afresymol y *gorgios* a wnawn yn fy ngalar. Galwyd Robin i ffwrdd y bore hwnnw, ac ni ddeuai'n ôl hyd drannoeth. Felly derbyniol iawn gennyf oedd cwmni Madog.

Trefnwyd i gladdu Nain wrth ochr fy nhad a'm mam a llogwyd cerbydau gan y ffermwyr cyfagos i gario'r galarwyr. Awgrymodd Robin cyn cychwyn i ffwrdd mai gorau i mi a fyddai cadw o'r angladd. Ni feddwn y bwriad lleiaf ar y pryd o ufuddhau iddo, ond digwyddais godi'r pwnc wedyn yng ngŵydd Madog, ac am unwaith yn eu hoes yr oedd y ddau'n unfarn. Ni chlywswn i erioed mo huodledd Madog yn ei ogoniant cyn hynny, a rhwng Robin ac yntau perswadiwyd fi'n groes i'm hewyllys i aros ar ôl. Amheuwn mai'r ofn i Alana fod o gwmpas a gyfrifai am wrthwynebiad Robin, ond ni chyrhaeddais o fewn can milltir i ddeall rheswm y gŵr bonheddig ifanc.

Cychwynnwyd yn gynnar ddiwrnod y claddu. Gwisgwyd Nain yn y ffrog oedd â mwyaf o ffrils arni, a'i chlog goch ar ben hynny. Gwnaed ei harch o'r derw gorau a disgleiriaf, a digon o addurniadau pres ar hyd-ddi. Ar y funud olaf penderfynwyd fod ceffyl Nain yn rhy hen a gwan i dynnu'i harch, ond tywysodd Robin ef i'r angladd serch hynny, ac wrth ei weld, daeth teimlad fy mhlentyndod yn ôl am ennyd – nad oedd neb tebyg i Robin yn y byd crwn, cyfan. Galwodd fi o'r neilltu pan oedd yr orymdaith ar fin cychwyn, a dangosodd gydaid pur fawr o aur i mi, gan ddweud,

'Rhoddodd dy Nain y rhain yn fy ngofal i. Ohonynt y talwn am d'ysgol, a threfnodd fy mod i glirio costau'r claddu ohonynt hefyd. D'eiddo di fydd y gweddill, a chei hwy yfory.'

Dydd hir a thywyll yw dydd trallod. A minnau bron torri fy nghalon, teimlwn yn unig iawn ynghanol merched y llwyth. Yng nghwmni Madog, a Robin a'i dad, gwyddwn fy mod ymysg ffrindiau, ond edrychai'r merched hyn arnaf fel un ddieithr, a gwnaethant i mi sylweddoli hynny'r diwrnod hwn. Nid am eu bod, ac eithrio Betsi, yn fy nghasáu, ond am na theimlent yn gartrefol yn fy nghwmni. Edrychent arnaf gyda chymysgedd o swildod a drwgdybiaeth. Diau y gwisgai hynny i ffwrdd fel yr arferent â mi, ond yn fy nhrallod, ac wedi nosweithiau di-gwsg, ni chaniatâi fy nerfau i mi ystyried hynny. Yn ychwanegol at hyn yr oedd Betsi yno, gyda'i geiriau gwawdlyd. Yn awr, a'r unig un a ofnai wedi mynd, yr oeddwn ar ei thrugaredd. Bob tro yr anturiwn o fewn clyw iddi, byddai ganddi druth i'w ddweud am y *Kaulo Camloes*, neu cynghorai'r merched eraill i ymddwyn yn weddus yng ngŵydd y *gorgie raia*.

Min nos, gan deimlo na allwn oddef rhagor, cerddais i gyfarfod â'r dynion. Edifarhawn am bob blewyn oedd ar fy mhen na bawn wedi mynnu mynd gyda hwy i'r angladd. Pa mor chwerw bynnag a fyddai fy ngofid yno, buasai yn lân a di-wenwyn. Cyn hir gwelwn y cerbydau'n nesu, gyda Madog yn marchog y tu ôl iddynt, a Robin y tu ôl iddo yntau, a ffrwyn Nic ddi-gyfrwy tros ei fraich. Sefais gan feddwl dringo i un o'r cerbydau, ac arbed cerdded rhagor, ond disgynnodd Madog, a galwodd arnaf, 'Arhoswch funud, Nansi. Y mae arnaf eisiau gair â chwi.'

Prysurodd y lleill ymlaen, a gadawyd ninnau yno, yn y tawelwch.

'Cafodd eich Nain gladdedigaeth deilwng ohoni'i hun,' ebr ef ymhen ysbaid. 'Y gwaethaf ynglŷn ag ef oedd i'r si fynd allan y cleddid Brenhines y Sipsiwn heddiw, a bod y fynwent yn frith o edrychwyr a ddaeth yno o chwilfrydedd noeth. Diolchais lawer i chwi gymryd eich darbwyllo i aros draw, rhag iddynt rythu eu llygaid amoch.'

Yr oedd yn amlwg ar ei dôn chwyrn ei fod yn ddig o galon wrth y bobl hyn, druain. O'm rhan fy hun ni theimlwn unrhyw wrthwynebiad iddynt edrych arnaf, a chredwn y mwynhâi Nain eu presenoldeb a'u chwilfrydedd, pes gwyddai. Dywedais hynny wrtho. Ni chymerth lawer o sylw, ond gofynnodd yn sydyn, 'Beth yw'ch trefniadau chwi at y dyfodol?'

Nid oeddwn wedi taflu cymaint ag un drem i'r dyfodol yn ystod y dyddiau ffwdanus a basiodd. Profodd fy mhenbleth hynny iddo, ac aeth ymlaen, 'Ni ellwch aros yn yr ysgol o hyd, ac nid oes gennych neb yng ngwersyll y sipsiwn yn awr, wedi colli'ch Nain. Yr wyf innau'n unig iawn ym Mhlas Madog. A ddewch chwi yno'n gwmni ac yn wraig i mi, Nansi?'

Syfrdanwyd fi ormod i allu gwneud dim ond sibrwd y gair, 'Robin'.

Bu foment cyn deall, yna gwenodd.

'Ai am yr amod a wnaethoch wrth dorri'r gainc ers talwm yr ydych yn meddwl?'

Amneidiais fy mhen. Chwarddodd yntau.

'A oeddych wedi dysgu cerdded yr amser honno, dywedwch?'

Ni theimlais erioed gymaint anwyldeb at y brigyn ag yn awr, wrth glywed Madog yn ei wawdio, ac meddwn yn boethlyd, 'Nid y gainc yw'r unig reswm. Yr oedd Nain hefyd am i mi briodi Robin, ac y mae yntau'n disgwyl i mi wneud.'

'Nid oedd eich Nain yn sylweddoli pethau. Caniataodd i chwi dreulio'r blynyddoedd a ffurfiai fwyaf ar eich personoliaeth ymhell o ddylanwad eich teulu, fel nad ydych erbyn hyn yn sipsi mewn dim ond enw.'

Cofiais am eiriau'r Doctor, 'Sipsi ronc ydych yn y bôn, er eich cainu fymryn,' a dyfalwn pa un ai ef ai Madog oedd agosaf i'w le. Yr oeddwn yn rhy ddigalon i deimlo llawer o ddiddordeb yn yr ateb, nac i ddadlau'r pwnc, a chychwynais yn araf tua'r gwersyll. Dilynodd Madog fi dan siarad, 'Yr ydych wedi blino heno, mi wn, ac ni phoenaf chwi am ateb terfynol. Byddaf yn y dref dan yfory, a chawn sgwrs yn y bore. Dim ond i chwi feddwl dros bopeth, yr wyf yn sicr y gwelwch fod y bywyd a gynigiaf i i chwi'n llawer mwy cydweddol â'ch natur na'r un a gaech ped arhosech gyda'r Woodiaid.'

'Ond y mae Robin yn fy ngharu,' meddwn yn bendant.

'Oni charaf innau chwi cyn y buaswn yn siarad fel hyn wrthych? Ni chyfaddefais fy nghariad hyd yn oed i mi fy hun, nes gwelais chwi'n estron yn y gwersyll yr wythnos hon, a gwybod i sicrwydd mai i'm byd i y perthynech, bellach.'

Ac wrth edrych yn ôl, credaf ei fod yn fy ngharu yr adeg honno. Gwn erbyn hyn faint ei feddwl o'r hyn a wthiai arnaf, ac mor llwyr y sylweddolai'r gagendor rhwng ein teuluoedd. Ni allai ond cariad gymell un fel ef i anwybyddu a chroesi traddodiadau'i hynafiaid, a holl reddfau ei natur ei hun hefyd. Eithr dysgais, gwaethaf y modd, yng nghwrs y blynyddoedd fod hyd yn oed i gariad ei raddau a'i ansawdd.

Gwrthodais adael iddo fy nanfon ymhellach. Nid oedd arnaf eisiau neb na dim ond llonydd, a chael rhedeg i rywle ar fy mhen fy hun i guddio f'unigrwydd. Brysiais ymlaen, gan benderfynu na siomwn i, beth bynnag, mo ddymuniad Nain. Gwrthododd fy mam briodi Reuben. Gwnawn i iawn am hynny drwy briodi'i fab. Fel y nesáwn at y gwersyll synnais i glywed llawer mwy o sŵn nag a ddisgwyliwn, a hwythau newydd ddychwelyd o gladdedigaeth.

Y BYMTHEGFED BENNOD

Ni ddeuthum o'r blaen i gyffyrddiad ag arferion claddu'r *Romani*. Yr oedd pum mlynedd er pan adewais y gwersyll, a phan oeddwn yn blentyn gofalai Nain am fy ngyrru yn ddigon pell ar ddiwrnod angladd. Felly yr oedd yr olygfa mor annisgwyliadwy ac yn gymaint braw i mi ag y buasai i tithau pe digwyddit weled ei thebyg heddiw. Taflwyd y babell fach ar lawr, a heidiai mwyafrif aelodau'r llwyth – yn ddynion a merched – o'i chylch. Cariai pob un bastwn, a gwnaent oll eu gorau i falurio trysorau Nain yn gandryll. Cydiai'r gweddill yn y darnau gan eu taflu i dân mawr a gyneuwyd gerllaw. Rhuthrais yno, gan weiddi cywilydd arnynt, a'u gorchymyn i beidio. Ond yr oeddwn yn rhy ddiweddar, pe baent yn fodlon gwrando arnaf. Gwelwn yr hen gist ddu wedi'i chwalu a'r darnau'n chwyrlïo i'r goelcerth, a'r Beibl mawr ar eu hôl.

Clywn chwerthiniad cras, a llais Betsi'n gweiddi, 'Dyma ni wedi rhoi'n traed ynddi! Dylasem fod wedi meddwl y byddai ar y *gorgie* eisiau cadw eiddo'r marw iddi'i hun.'

Ni wn beth a fuaswn wedi ei ateb oni bai i Robin ddyfod ataf a chydio'n fy mraich i'm tynnu oddi yno. Troais fy nigofaint arno ef.

'Ymhle'r oeddit ti Robin, a hwythau'n amharchu Nain fel hyn?'

'Nid ei hamharchu a wnaent,' ceisiai yntau egluro, 'ond dilyn arferion y *Romani*. Byddem yn torri rheolau'r llwyth pe gadawem feddiannau'r marw i'w defnyddio gan eraill. Y maent yn aflan.'

Dyma brofi bod Madog yn iawn! Ni allwn ddygymod ag arferion pobl hanner anwar fel hyn. Hiraethwn am Bantglas, a Mrs. Mostyn oedd mor foneddigaidd a llednais ei ffordd. Ceisiodd Robin roi ei fraich amdanaf, ond ysgydwais hi ymaith.

'Y mae'n arw gennyf Nansi i ti gael dy ddolurio gennym, ond ti ddeëlli oni wnei, nad oedd modd i mi fynd yn erbyn arferion y llwyth?'

'Beth a wnaf i heno, ysgwn i?' gofynnais yn ddigllon. 'Gwelais y dent fach oedd gennyf neithiwr, ar lawr yn ymyl y goelcerth. Yr ydych wedi difetha'r unig gartref a feddwn i a Nain.'

'Cei le'n y babell gyda'm mam a'm chwiorydd am ychydig nosweithiau. Efallai y byddai'n well gennyt ti briodi mewn eglwys, a chael *rashai* i weinyddu na phriodas o dan y banadl fel y caiff y mwyafrif ohonom. Cymer rai dyddiau i drefnu felly, mae'n debyg.'

'O, cymer ofal rhag mynd yn erbyn arfer y llwyth wrth briodi hefyd,' atebais yn oeraidd. 'Ni phenderfynais eto sut y gwnaf, ond gallaf ddweud wrthyt yn awr, ei bod yn ddigon buan i ti ddechrau sôn am briodi pan fydd y wraig yn barod gennyt.'

Edrychodd Robin yn friw.

'Yr oeddwn i'n meddwl fod hynyna'n glir rhyngom byth er pan dorrwyd y brigyn hwnnw ers stalwm.'

Daeth fy nghyfle i ddial am yr hyn a welswn chwarter awr yn gynt.

'Tra byddai'r brigyn gan bob un ohonom ddywedaist ti, onide? Wel y mae f'un i wedi mynd heno. Taflwyd ef i'r tân gyda'r gist ddu a'r Beibl mawr, ac nid oes sôn amdano bellach.'

Rhuthrais ymaith gan ei adael yn edrych yn hurt ar f'ôl. Y mae'n debyg iddo benderfynu mai fy mlinder a'm gofid a gyfrifai am f'ymddygiad dieithr, oherwydd daeth ataf ymhen ychydig wedyn gan siarad a threfnu fel pe na bai dim wedi digwydd. Dichon o ran hynny y troesai popeth o'r gorau oni bai am yr anffawd iddo fy rhoi'n yr un babell â Betsi. Yr oedd chwiorydd Robin yn eithaf o'u rhan eu hunain, ond naturiol oedd i ymddygiad eu mam effeithio amynt, ac yr oeddwn innau mor ddigalon nes bod pob gair a gweithred angharedig yn torri i'r byw.

Rhwng y cyfan, bu'r nos yn waeth na'r dydd. Cyn y bore yr oeddwn wedi dweud wrthyf fy hun na allwn byth oddef bywyd fel hyn. Yr oedd Plas Madog yn fy nychymyg fel nefoedd o dawelwch. Yr oedd y ffaith na byddai yno'r un Fetsi i'm poenydio, yn atyniadol ynddo'i hun. Credwn hefyd fy mod erbyn hyn yn hoffi Madog cystal â Robin, ac yr oedd hyn o blaid Madog – na bu ganddo ef ran mewn difetha trysorau Nain. Hwyliais allan ar doriad gwawr, heb gymryd un sylw o gwestiynau brathog Betsi. Er mor fore oedd hi, yr oedd Robin o gwmpas. Gofynnais iddo ddyfod o'r gwersyll am dro, a throesom i lawr y ffordd y bu Madog a minnau ar hyd-ddi'r noson cynt.

'Ni ddisgwyliwn dy weld allan mor fore,' meddai wrthyf, a cheisiwn beidio â chlywed y tynerwch yn ei lais. 'Pam na buasit yn ceisio gorffwys a chysgu?'

Ar hyn torrodd yr argae, a byrlymai'r geiriau ar draws ei gilydd. Cysgu! a finnau mor anffodus a bod yn agos i'w fam ef! Cafodd glywed am ei chreulondeb ddiwrnod y claddu, ac am ei throeon angharedig y noson honno. Nid arbedais yr un o'r ddau, ac nid ystyriais y berthynas rhyngddynt na'r ffaith y gallwn fod yn dolurio Robin wrth siarad fel hyn am ei fam. Cyn tewi rhoddais ail hwb o ddannod helynt y noson cynt, a'r difetha a fu ar bethau Nain. Nid atebodd Robin ddim nes i mi ddweud, 'Ac erbyn hyn mi welaf mai Madog Wyn sydd yn iawn. Ni allwn i byth ddygymod â'r bywyd yma, a gorau po gyntaf i mi fynd i ffwrdd.'

'I ffwrdd Nansi! I ble'r ei di! Y mae'n ddrwg gan fy nghalon i am neithiwr, ond dylasit fod yn deall na allwn i ddim wrth yr helynt. Ceisia'i anghofio, da thi, ac mi ofalaf innau na ddaw mam a thithau ar draws eich gilydd eto. Cofia fod dy Nain wedi gadael gofal y llwyth arnom ein dau.'

'Ac os bydd un i ffwrdd, y mae'r llall i gymryd y cyfrifoldeb, onid yw? Wel, y ti fydd yn llywyddu o hyn ymlaen. Yr wyf i'n mynd at Fadog.'

Yr oedd Robin fel carreg ateb y bore hwnnw.

'At Fadog! Beth yw dy feddwl di dywed? Beth sydd a wnelot ti â'r 'sgogyn hwnnw?'

Cofiaf y funud hon mor ddi-daro a hunan-feddiannol y ceisiwn ateb, 'Dim, ond ei fod wedi gofyn i mi ei briodi, a'm bod innau – ar ôl neithiwr – wedi penderfynu gwneud hynny.' Fe swniai'n well o lawer pe gallwn ddweud wrthyt mai fi oedd yr achos paham y cyd-dynnai Madog a Robin mor wael ond ni buasai'n wir. Yr oedd yn amlwg ar wyneb colledig yr olaf na ddaethai'r syniad i'w feddwl erioed.

'Nansi, a wyt ti'n sylweddoli'r hyn a ddywedi?'

'Ydwyf yn iawn,' meddwn yn hy, 'ac yr wyf am fynd at Madog y munud yma i ddweud wrtho fy mod yn derbyn ei gynnig.'

Crefai Robin arnaf gymryd wythnos i ystyried, ond ni fynnwn wrando. Blinais ar bopeth, a dyhëwn am orffwys a llonydd. Tybiwn ond i mi gymryd y cam hwn y diflannai fy mhroblemau i gyd. Soniodd wedyn am Nain, ac fel yr oedd hi wedi trefnu i ni briodi'n gilydd.

'Ni ddeallodd Nain, er called oedd, ei bod hi ei hun wedi f'anghymwyso at hynny.' Fy llais i a atebai, ond dadl Madog Wyn oedd yn y geiriau. 'Ac ni wyddai hi ychwaith fod Mr. Wyn yn fy ngharu, neu buasai'n sicr o weld mai fel hyn y byddai orau i mi.' Safodd Robin ar ganol y ffordd.

'Efallai'n wir erbyn meddwl, ei fod yn hoff ohonot, ond a wyt ti'n siŵr Nansi fy fod ti yn ei garu o?'

Nid atebais am funud. Daeth cwestiwn arall i'm meddwl innau fel fflach. Tybed a oedd Madog ddigon yn uwch na Robin yn fy nghalon? Methais â chael ateb gwell i'r cwestiwn hwn na'r ymresymiad gan fy mod yr un mor hoff o'r ddau, ei bod yn iawn i mi gymryd yr un a gydweddai orau â'm tueddiadau. Yr oedd yn haws ateb Robin.

'Y fath ofyniad!' meddwn yn ffroenuchel. 'Ydwyf, wrth gwrs, neu ni freuddwydiwn am fynd ato heddiw.'

''Ddywedaf i ddim rhagor, ynteu. Ti wyddost fy mod yn dy garu di erioed, ond os yw'n well gennyt Madog Wyn na mi, yr wyf yn fodlon. Cofia y bydd cartref i ti yng ngwersyll yr Woodiaid pryd y mynni, tra y byddaf i yno. Onid gwell a fyddai i ti aros yma hyd y daw Madog heibio? Y mae'n siwr o alw heddiw.'

'Na, yr wyf am fynd i'r dref i'w gyfarfod. Waeth i'r lleill heb wybod i b'le'r wyf wedi mynd, yn na waeth, Robin?'

Ystyriodd hyn am ychydig, yna dywedodd, 'Efallai dy fod yn iawn. Gallaf gredu na ddymunai Madog Wyn i neb wybod ei fod wedi priodi *Romani*.'

Tueddwn innau i gredu hynny, er y buasai'n well gennyf guddio'r amheuaeth rhag Robin a mi fy hunan. Gwrthodais adael iddo ddyfod ymhellach gyda mi, a ffarweliwyd mewn distawrwydd. Cyn i mi fynd ond ychydig lathenni clywn ef yn galw ar fy ôl. Arhosais amdano, a dyna oedd ganddo – cydaid aur Nain.

'Bu bron i mi anghofio am rhain,' meddai. 'Telais bob costau ddoe, a d'eiddo di yw'r gweddill.'

Nid oeddwn yn fodlon eu cymryd ganddo. Teimlais fy mod yn ei ddyled o lawer, a dyma'r unig rodd oedd yn fy ngallu i'w rhoi. Ond yr oedd Robin mor gadarn â'r graig.

'Tydi piau hwy,' meddai eilwaith. 'Gwn fod merched y *gorgios* yn arfer a phrynu llawer o bethau at briodi. Bydd y gôd hon gennyt tithau at y pwrpas, rhag i ti orfod dibynnu ar neb arall i'w ceisio. Gwyddost na ddymunai dy Nain mo hynny.'

Ceisiai'r dagrau foddi fy llais wrth i mi ateb, 'Yr wyt yn ffeindiach na'm haeddiant wrthyf, Robin.'

'Nag ydwyf. Gobeithio na chei di ond hapusrwydd yn dy fywyd newydd, Nansi fach. A chofia yr hyn a ddywedais – y bydd i ti gartref a chroeso lle bynnag y bo Robin Wood.'

Galwodd ar f'ôl wedyn – braidd yn swil y tro hwn.

'Tâl di am hanner y fodrwy dy hun, Nansi. Clywais gan dy Nain ei bod yn fwy lwcus wrth i'r gŵr a'r wraig dalu am y fodrwy rhyngddynt.'

Aeth yn ei flaen o ddifrif wedyn, a minnau'n troi o hyd i'w wylio, a'r dynged a fygythiodd Alana Lee wrth fy mam, yn swnio'n fy nghlustiau, 'Caru dau, heb garu'r un yn ddigon.' Beth os oedd y felltith yn fy nilyn? Am funud yr oeddwn am redeg ar ôl Robin, ac erfyn arno anghofio'r ffarwelio a fu rhyngom; ond balchder a orfu, ac ymlaen yr euthum. Cyn cyrraedd y dref llwyddais i'm ail-ddarbwyllo fy hun mai Madog oedd y dyn i mi, ac nad oedd yr hyn a'm blinai wrth ganu'n iach â Robin ond hiraeth naturiol o dorri cysylltiadau bore oes.

YR UNFED BENNOD AR BYMTHEG

Cyfeiriais i'r gwesty lle y swperodd Madog a minnau ar ein ffordd o Bantglas, wythnos yn gynt. Nid oedd ynof un petruster wrth holi am 'fy nghyfaill Mr. Wyn.' Gwyddwn na byddai ganddo achos i gywilyddio oherwydd fy ngwisg. Yr oedd honno wedi'i dewis gan Mrs. Mostyn, ac yn batrwm o ddestlusrwydd. Ymhen misoedd wedyn y deëllais fod i mi berygl yn nhyb Madog o lawer cyfeiriad heblaw gwisg; ond y bore hwn nid oedd ganddo ddim ond croeso. Y mae'n debyg ei fod wedi ofni mai aros gyda Robin a wnawn, a'i fod yn falchach ohonof felly. Canmolai fi am ddyfod i chwilio amdano i'r dref yn hytrach na gadael iddo ef fy nôl o'r gwersyll.

'Ni fedd yr un o'r llwyth amcan yn awr i ble'r aethoch, oni ddywed y Robin yna wrthynt. Y mae'n well o lawer fel hyn na phe bawn i wedi dyfod i'ch nôl oddi yno.'

Ychydig a ddywedais mewn atebiad. Credaf i'm distawrwydd y dyddiau hynny wneud argraff ffafriol ar Fadog. Dehonglai ef fel arwydd o alar ar ôl Nain, ac o swildod gyda'm darpar-ŵr – dau deimlad a ystyriai ef yn briodol iawn i ferch. Pe bawn yn amgen, diau y buasai wedi teimlo bod rhywbeth yn 'rhyfedd' ynof, ac yna ni byddai eisiau i mi sgrifennu'r hanes hwn i ti. Yr oeddwn innau'n hoffi'n fawr ei ymddygiad yntau. Ni allaswn fod wedi dioddef iddo wneud llawer o stŵr ynglŷn â mi y dyddiau hynny. Trefnodd i mi aros ym Mhantglas hyd y briodas.

'Bydd yn edrych yn well i ni briodi oddi yno,' oedd ei reswm. 'Ni ddaw i feddwl neb nad perthynas i'r Mostyns a fyddwch.'

Felly fe'm priodwyd o Bantglas, gyda Mr. Mostyn yn fy nghyflwyno. Priodas ddistaw a fu. Yr oeddwn i newydd gladdu perthynas agos, ac am resymau amlwg ni fynnai Madog dynnu llawer o sylw at y seremoni.

'Ni awn i deithio am rai misoedd,' ebr ef, 'a phan gyrhaeddwn yn ôl bydd y briodas yn hen stori, ac ni feddylia neb am holi beth oedd eich enw morwynol.'

Ond er pob gofal yr oedd yno un yn y fan a'r lle a wyddai hanes y briodferch i'r dim. Fel y camwn i a Madog fraich ym mraich o'r Eglwys, beth a welwn ymysg y pentrefwyr a safai wrth y porth ond wyneb gwelw Alana Lee. Daeth yr un arswyd drosof ag a deimlais wrth ei gweld y tro cyntaf erioed, a gwell a fuasai gennyf i lwyth cyfan yr Woodiaid fod yno na'r un ferch hon.

Treuliodd Madog a minnau'r ddwy flynedd nesaf yn crwydro'r Cyfandir. Dyma gyfnod hapusaf ein bywyd priodasol. Yr oedd Madog ar ei orau pan fyddai'n teithio, er y cwynai weithiau fod hiraeth arno am fywyd llonydd a thawel y Plas. Ni hiraethwn i am ddim. Yr oedd symud o le i le fel hyn wrth fy modd, a cheisiwn droi'r stori bob tro y soniai fy mhriod am yr hyn a alwai'n 'setlo i lawr.' Buom yn Sbaen, Ffrainc, yr Eidal, yr Almaen, a rhai parthau o Rwsia. Pan briodais, credaf fy mod, diolch i Mr. Mostyn, gystal fy ngwybodaeth â'r cyffredin o ferched o'r un safle â Madog, ond profodd y ddwy flynedd yma'n well nag ysgol i mi. Ehangodd fy nghydymdeimlad, a'm dealltwriaeth o'r natur ddynol.

Talodd Madog i Ffrancwr am fod gyda ni rai misoedd, er mwyn perffeithio fy ngwybodaeth o'r iaith honno. Cefais wersi ar y ffidil gan Almaenwr, a dyma'r gwersi a fwynheais fwyaf erioed. Cyfran Madog at fy niwylliant oedd fy nysgu i werthfawrogi'r celfyddydau cain, ac i wahaniaethu rhwng gwaith y celfydd hwn a'r celfydd arall.

Yn ystafell wychaf dy gartref di, fy ŵyres fach, saif cabinet mawr eboni yn llawn o lestri a mân dlysau gwerthfawr. A wyddost ti paham yr oedd clo ar hwnnw bob amser tra bu dy daid byw? Fel rheol ymhyfrydai mewn dangos i'w ymwelwyr y trysorau a gasglodd ar ei deithiau pell, ond ni chafodd yr un ohonynt erioed gyffwrdd â chynnwys y cabinet du, er bod ynddo gynifer o greiriau gwerth eu gweled. Y llaw hon a'u gosododd yno, a'r pethau a hoffais i, ac a brynodd yntau, yn ystod ein misoedd mêl ydynt. Yn y cyfnod hwn teimlwn i mi ddewis y llwybr gorau wrth briodi *gorgio* er gwaethaf Nain, Robin, ac Alana Lee. I'm tyb i, nid oedd dau hapusach yn bod na'th daid a minnau.

Y gwaethaf yw bod popeth da yn dirwyn i ben. Daeth yn fater o raid arnom ddychwelyd i Gymru cyn y gaeaf, os oedd aer y Wyniaid i gael ei eni ym Mhlas Madog – hen gartref y teulu.

Wedi dwy flynedd o heulwen teimlwn ystafelloedd mawr y Plas yn oer. Yr oedd Madog hefyd, ar ôl absenoldeb mor hir â llawer o bethau'n galw am ei sylw, ac ni chawn ond ychydig o'i gwmni. Methwn innau a mynd lawer o gwmpas, a tharawai hynny'n chwith wedi cymaint rhyddid. Aethai fy nghyfeillion ym Mhantglas yn rhy wanllyd i allu ymweled â ni, ac ofer disgwyl am gwmni ffrindiau bore oes.

Dysgais ddigon gan Fadog am arferion cymdeithas i wybod y galwai merched 'mawr' y gymdogaeth i edrych amdanaf yn fuan wedi'n dychweliad. Achosai hyn gryn bryder i mi. A ddeallent hwy mai un oddi allan i'r ffin a groesawent, ac nid boneddiges o'u tras?

Ni buasai raid i mi ofni. Gwnaeth y teithio'i waith yn rhy dda i hynny, ac ni theimlais ddim anhawster yn eu cwmni. Yn wir deëllais cyn hir y tueddent hwy i'm dilyn i, yn lle i mi eu dilyn hwy. Cofiaf am un hen Saesnes fawr – y fwyaf annymunol ohonynt i gyd. Gwaedoliaeth oedd ei chyfan, a hynny y mae'n debyg am na feddai ddim ei hun. Digwyddais rywfodd neu'i gilydd – ni wn sut – glywed barn hon amdanaf:

'*So original, and so well bred, my dear. A connection of the Mostyns you know. Quite a decent family – Welsh of course.*'

Ni allwn beidio â chwerthin wrth ddychmygu'r derbyniad a gawswn ganddi pe bawn wedi digwydd galw yn ei drws wyth mlynedd yn gynt. Er hynny llawenhawn i gael fy nerbyn i'r cylch. Meddwn amgyffrediad gwan o'r hyn a olygai hynny i Fadog, a theimlwn yn eithaf diogel bellach na ddatguddid ein cyfrinach, gan nad ysgrifennwyd hi ar f'ymddygiad i. Ychydig o'r pentrefwyr a'm gwelodd yn blentyn, ac nid oedd yr un o'r gwasanaethyddion a gyfarfûm i gynt yn y Plas yn awr. Yr oedd hyd yn oed yr hen famaeth wedi croesi Iwerydd i ddiweddu'i hoes gyda pherthynas.

YR AIL BENNOD AR BYMTHEG

Mis cyn y Nadolig, ganwyd geneth fach i ni. Dy fodryb Eluned oedd hon. Clywais fod arnoch chwi ym Mhlas Madog fwy o'i hofn hi na neb. Hi, onid ê, a wŷr i'r dim sut y mae gwneud popeth yn weddus ac mewn trefn? Yn wir yr wyf yn mwynhau'r catied yma'n well o lawer wrth ddychmygu am wyneb Eluned, *Lady Severn*, pe gwelsai fi, a gwybod fy mod yn fam iddi. Fel y mae gorau iddi hi – a minnau hwyrach – gofalodd Madog na châi hi wybod.

Gobeithiwn wedi i'r baban ddyfod, ac i Madog gau'r adwyon a wnaed gan ei absenoldeb, y caem eto gwmnïaeth hapus y ddwy flynedd cynt. A synnwn i ddim nad felly y buasai, oni bai am farw cefnder ifanc i Fadog. Yr oedd hwn yn ddi-briod, ac ar ei farw annisgwyliadwy syrthiodd ei deitl a'i gyfoeth i ran dy daid. Ystyriem ein hunain yn gyfoethog o'r blaen, ond gwnaeth hyn wahaniaeth dybryd.

'Bydd ein hamgylchiadau'n wahanol iawn yn awr, Nansi,' meddai Madog un bore pan ddaeth i mewn i edrych amdanaf i a'r baban. 'Rhaid i ni ffarweho â'r bywyd tawel yr edrychem ymlaen ato, a chymryd ein lle mewn Cymdeithas.'

'Paham na chawn ni fyw yr un fath?' protestiais. 'Pa wahaniaeth a wna'r teitl i'n dull ni o fyw?'

'Hyn,' meddai yntau. 'mae'n arfer ers cenedlaethau fod y Wyn sydd yn ei ddwyn yn sefyll yn Aelod Seneddol tros y Sir hon, a rhaid a fydd i minnau wneud hynny'n awr. Cofiwch Nansi fy mod yn dibynnu arnoch chwi i gadw f'urddas i fyny.'

'O Madog, sut y gallaf?' Yn fy ngwendid ymddangosai'r baich yn llethol.

'Ni raid i chwi ond parhau fel yr ydych,' ebr ef. 'Yr ydych wedi pigo pethau i fyny'n ardderchog, a chaf achos i deimlo'n falch ohonoch bob dydd. Yr unig beth yw,' a gwyddwn ar ei osgo ei fod ar gyrraedd y rhan bwysicaf o'i neges gyda mi, a heb fod yn sicr iawn sut i ddyfod ato, 'y bydd yn rhaid i chwi fod yn fwy gofalus nag erioed rhag i neb wybod o b'le y daethoch. Bûm yn holi, a deallaf i'r Woodiaid ymweled ddwywaith â'r lle yma tra y buom i ffwrdd. Ni ddeuant eto, oherwydd rhoddais orchymyn heddiw nad oes yr un sipsi i wersyllu ar y tir hwn rhagllaw.'

'Ond pam hynny?' holais yn syn. 'Byddech mor hoff ohonynt ers stalwm, ac yn pysgota llawer gyda hwy.'

'Nid yw'r amgylchiadau yr un yn awr, Nansi. Oni bai amdanoch chwi, y mae'n debyg na wrthwynebwn iddynt hwy ddyfod yma, ond fel y mae ar hyn o bryd, er ein mwyn ni'n dau, nid gwiw i mi anwybyddu'r perygl i rai ohonynt daro arnoch, a deall ymhle y mae eich cartref. Y mae'n rhaid arnaf ystyried fy safle yng ngolwg y wlad.'

Wrth wella pendronais gryn lawer gyda'r geiriau hyn. Blinid fi gan yr ensyniad y gallwn fod yn rhwystr i'w yrfa Seneddol. Amheuwn pan briodais ef y buasai'n well ganddo i mi berthyn i unrhyw deulu'n y wlad nag i'r *Romani*; ond dilëwyd llawer o'r argraff honno gan heulwen y misoedd dilynol. Dug geiriau Madog yr amheuon i'r wyneb eto, megis y dyfnhëir lliwiau gwyw gan leithder. Eto, nid edrychwn ar y cwbl ond fel awgrym a roed ar dro siawns. Pe gwyddwn fy mod i'w clywed yn feunyddiol, mewn rhyw ffordd neu'i gilydd, am y tair blynedd nesaf buasai fy nheimladau'n dra gwahanol.

Cafodd Madog ei le'n y Senedd heb fawr drafferth. Yr adeg honno nid oedd neb a feiddiai sefyll yn erbyn un o'r Wyniaid. Flwyddyn yn ôl digwyddais fod yn y Sir pan gyhoeddwyd canlyniad yr etholiad diwethaf. Clerc twrne bach oedd i mewn; ysgolfeistr yn ail; a'th dad ar waelod y pôl. Fel y mae'r byd yn newid!

Gorfu i ni dreulio gweddill y gaeaf yn Llundain. Ni

weithiais i erioed mor galed ag yn ystod y misoedd hynny. Cyn hyn ni bu gan deulu Plas Madog dŷ yn y Brifddinas. Felly rhaid oedd chwilio am un, ac i minnau'i ddodrefnu orau fyth ag y gallwn. Clywais yn ddiweddar fod y tŷ yn eich meddiant o hyd, ac yr ystyrir rhai o'i ystafelloedd yn ardderchog iawn. Ychydig a feddylir mai geneth a fagwyd mewn hen dent wrthbanau a'u trefnodd i gyd. Yna yr oedd yn rhaid mynd allan i'r fan hon a'r fan arall. Os cynhelid dawns neu ginio mwy ffasiynol na'i gilydd, rhestrid Syr Madog a Lady Wyn ymhlith y gwahoddedigion. Gwahoddem ninnau'n ein tro, ac er i mi dreulio aml noson ddi-gwsg o'u plegid, credaf fod fy mhartïon yn eithaf di-dramgwydd. Pe amgen, y mae'n sicr na buasai Madog yn ôl o ddweud wrthyf. Yr oedd ef erbyn hyn yn hynod ofalus i alw sylw at fy ffaeleddau.

Fel hyn aeth y gaeaf heibio. Onid oeddwn mor hapus ag y bûm, ni feddwn eto lawer o achos grwgnach. Yr oeddwn yn ifanc ac yn brydferth, ac yn wraig i un o ddynion harddaf a chyfoethocaf y ddinas. Yr oeddwn hefyd newydd fod yn llwyddiannus yn yr hyn a achosodd bryder mwyaf fy mywyd priodasol hyd yma. Diamau gennyf fy mod yn falch o'r baban, er y credaf y cymer pobl yn rhy ganiataol fod cariad mam yn reddfol ymhob merch.

Gelli fentro fy ngair fod hynny'n gamgymeriad dybryd. Fe'm holwn fy hun weithiau a oedd rhywbeth yngholl ynof – na fedrwn deimlo, fel y dysgodd y beirdd fi y dylaswn wneud, at fy mhlentyn. Gwyddwn ar Fadog ei fod yn siomedig nad oedd Eluned yn fachgen, ond er hynny edrychwn arni fel un a berthynai yn fwy iddo ef nag i mi. Cofiwn am lais Nain wrth sôn am yr ieuengaf o'i phlant, ac fel y carodd hi Rebeca – a minnau ar ei hôl – yn fwy na'r deuddeg plentyn o'i blaen. Cofiais hefyd am eiriau fy mam, 'Nid plant sydd arnaf eisiau ond Brian,' a phenderfynais ei fod yn goll etifeddol ynof. Nid na wnawn bopeth i'm baban, a gwn y buaswn yn aberthu aelod, neu hyd yn oed fy mywyd, i arbed ei bywyd hi petai galw; ond am ei bod yn ddi-amddiffyn ac yn dlws y gwnawn i hynny, yn hytrach nag o gariad. Erbyn heddiw, wele brofiad fy Nain wedi ei ail-adrodd ei hun i raddau. Gadewais fy nau blentyn yn esmwyth fy meddwl mai dyna oedd orau er eu lles, ac ni theimlaf y funud hon ond diddordeb gweddol gynnes atynt. Amdanat ti, gallwn dy garu â'm holl galon, fel y carodd fy Nain fi, oni bai fy mod yn gwybod mai llyffetheirio fy nheimladau yw'r unig aberth a ganiateir i mi er dy fwyn.

Pan ddaeth yr haf, ac i ni ddychwelyd i Gymru, gwaethygodd pethau. Byddai cwmni'n y Plas beunydd, a gwnawn fy ngorau iddynt hwy, a'r baban, a Madog. Eithr yr oedd ef ar ddrain o hyd rhag ofn i mi fradychu fy nhras i'r dieithriaid. Gwnawn rywbeth bach yn feunyddiol a fyddai'n ddigon i'm bradychu, meddai ef, pe digwyddai iddynt sylwi arno.

Ni fodlonwn ef mwyach gyda'm dull o wisgo. Daethai perlau'i fam yn eiddo i mi, ac anrhegodd yntau fi â llawer o dlysau gwerthfawr yn ystod ein taith ar y Cyfandir. Fel pob gwir *Romani*, hoffwn wisgoedd lliwgar ac addurniadau disglair, a gwyddwn eu bod yn fy ngweddu hefyd. Cychwynnais un neu ddwy o ffasiynau newydd pan oeddwn yn Llundain, a chrybwyllodd y papurau fi, wrth ddisgrifio dillad y gwahoddedigion ym mhriodas fwyaf y tymor, fel 'Lady Wyn, y gellir dibynnu arni bob amser am berffeithrwydd gwisg.' Ar y pryd yr oedd Madog cyn falched â minnau o'r wrogaeth, a chyn hynny yn Ewrop, pan ddigwyddai rhywun grybwyll fy chwaeth dda mewn dillad. Yn awr dwrdiai fi am wisgo gormod o dlysau, a lliwiau rhy danbaid. Danodai mor annhebyg oedd fy ngwisg i eiddo'r merched eraill, ac er mwyn heddwch fe'm cosbais fy hun, gan gadw at ddu a llwyd an-artistig megis y gwnaent hwy. Golygodd aml bang i mi roi fy nhlysau dan glo, ond gwneuthum hynny hefyd.

Un o'i gas bethau oedd i neb gymryd sylw o ddüwch fy ngwallt a'm llygaid. Dywedodd cyfaill yn chwareus un diwrnod, 'Yn wir, gwnâi Lady Wyn sipsi ardderchog pe câi'r dillad priodol.'

Digiodd Madog yn gorn, a bu'n rhaid i'r cyfaill synedig hwnnw erfyn yn hir am faddeuant.

Euthom ein dau i ymweled â'r baban yn hwyr un noson, ac uwchben y crud dywedodd Madog, 'Onid yw'n ffodus fod yr un fach mor olau? Ni thybiai neb fod diferyn o'ch gwaed chwi yn hon, Nansi.' Cawswn drafferth i fod yn ddistaw ers wythnosau, ac yn awr atebais yn bur chwyrn, 'Gwyddech pwy oedd fy nheulu cyn fy mhriodi, ac nid yn awr yw'r amser i chwi ddechrau meddwl a ddymunech fy ngwaed yng ngwythiennau'ch plant ai peidio. O'm rhan fy hun, methaf a gweld nad yw'r Woodiaid cystal bob mymryn â neb sydd yn y Plas yma heno.'

Y noson honno y cawsom y cweryl agored cyntaf. Credaf yn awr, bod rhyw nam ar iechyd dy daid ar y pryd, ac i'r un syniad hwn gael mwy o loches ganddo oherwydd hynny. Pe na bai ef yn f'atgofio amdanynt yn barhaus, yr oeddwn yn graddol bellhau oddi wrth fy nheulu. Teimlwn weithiau yr hoffwn eu gweld am unwaith, a chael sgwrs â Robin, ond eto bodlonwn i ildio i ddymuniad Madog, pe cawswn lonydd ganddo. Eithr ni wnâi'r sôn a'r sarhau beunyddiol ddim ond cryfhau f'awydd amdanynt, ac ail-wthiai geiriau Nain, a'r Doctor, ac Alana Lee allan o'r gornel dywyll lle y teflais hwy adeg fy mhriodas.

Y DDEUNAWFED BENNOD

Cliriodd y ffrae ryw gymaint ar yr awyr, a thawelodd pethau am ychydig, ond ail-gronni'n waeth a wnaethant wedyn. Un bore a ninnau wrth y bwrdd brecwast, daeth y bwtler i mewn gan ddweud, 'Y mae yna sipsi tu allan yn gofyn am weld Lady Wyn.'

'Gyrrwch ef i ffwrdd,' meddai Madog, cyn i'r gwas brin orffen siarad.

'Y mae'n gwrthod mynd, Syr, ac yn dweud ei fod yn sicr y daw Lady Wyn allan ato.'

'Gwahoddwch ef i mewn,' gorchmynnais innau. 'Âf i'w weld yn awr.'

Ofnais ar y cyntaf mai Alana oedd yno. Er na chlywswn ddim amdani hi ers hir amser, eto ni wyddwn pryd y trawai heibio, yn ei ffordd annisgwyliadwy ei hun. Pan ddeëllais mai dyn a holai amdanaf, gwyddwn na allai fod yn neb ond Robin.

'Gwell i chwi beidio f'anwylyd,' cynghorai Madog. 'Mi siaradaf i ag ef ar ôl brecwast.'

'Ie'n wir,' ategai'n hymwelwyr. 'Ni wna ond trespasu ar eich natur dda, Lady Wyn. Gadewch iddo.' Chwerddais, a chodais oddi wrth y bwrdd.

'Y ffordd sicraf i'm gyrru i wneud rhywbeth yw fy rhybuddo rhagddo,' meddwn yn ysgafn, a ffwrdd â fi i chwilio am Robin. Achubais fy nghyfle cyn iddynt orffen eu pryd. Gwyddwn na rwystrai Madog fi yng ngŵydd y dieithriaid – yr oedd arno ormod o ofn creu helynt. Unwaith y gadawent hwy yr ystafell fe gâi yntau gyfle i'm gorchymyn i wrthod cais fy nghefnder.

Cefais hyd i Robin yn yr ystafell fechan a gadwem ar gyfer ymwelwyr fel ef, nad oedd iddynt fynediad helaeth i mewn i'n cartref. Ni wn p'run ohonom ein dau oedd falchaf o'r cyfarfyddiad. Methwn i â gwneud dim ond cydio'n ei law am rai munudau, a Robin a siaradodd gyntaf, 'Ofnais na chawn dy weld yn y diwedd, Nansi. Yr oedd y gwas yna'n gyndyn iawn,' ebr ef.

'Gwyddost Robin na chaet fynd i ffwrdd heb i mi gael sgwrs â thi,' meddwn, 'unwaith y deëllais dy fod yma. Sut y mae dy dad? Tyrd a thipyn o hanes i mi.'

'Y mae nhad yn iawn, ac nid oes acw ddim neilltuol wedi digwydd am wn i, er pan aethost i ffwrdd.'

'A wyt ti wedi priodi eto?' gofynnais yn chwareus.

'Na. Mi welais i ddigon pan oeddwn yn fachgen i wybod beth yw priodi a'ch calon yn eiddo arall.'

Dyna'r hen Robin a gofiwn mor dda – yn ateb pob gwamalrwydd o'm eiddo mor ddifrifol. Cododd clap i'm gwddf wrth gofio am Reuben a'm mam, ac ie, am Robin hefyd. Rhoddodd fy nistawrwydd gyfle i'm cefnder frysio ymlaen, fel pe ceisiai ddileu argraff yr hyn yr oedd newydd ei ddweud.

'Holais lawer amdanat er pan adewaist ni. Ond ychydig iawn o'th hanes a gefais, am y ceisiwn fwrw dieithr rhag ofn i neb amau bod gennyf unrhyw ddiddordeb neilltuol ynot. Buom yn gwersyllu yma ddwywaith, ond yn ôl a glywais yr oeddit ti dros y môr yr adeg honno.'

'Bûm i a Madog yn teithio am ddwy flynedd wedi'n priodas,' eglurais innau, 'ond clywais ar ôl dyfod adref i'r gwersyll fod yma. Ymhle'r ydych yn awr?'

Gyda i mi ofyn, fflachiodd geiriau a glywswn gan fy mhriod rai misoedd yn gynt i'm cof, a llifodd ton o anesmwythyd trosof.

'Yr oeddwn am gael siarad â thi ynghylch hynny hefyd,' ebr ef, 'neu â Madog Wyn os yw'n ymyl.'

Yr oedd. Rhuthrodd i mewn cyn o'r braidd i Robin orffen ei enwi.

'Beth yw dy feddwl yn ymwthio i'm tŷ fel hyn?' gwaeddai'n chwyrn. 'Oni ddywedodd y goruchwyliwr wrthyt nad oedd yr un o'ch ciwed i sangu ar fy nhir i.'

'Madog!' llefais.

'Am foment Nansi,' meddai Robin, gan amneidio arnaf i sefyll o'r neilltu. 'Do, Madog Wyn, mi welais i'r *bailiff*, a'm diben yn galw yma oedd yn gyntaf i weld fy nghyfnither a gyd-fagwyd â mi, ac yn ail i'ch gweled chwithau, i ofyn a ddeëllais eich gwas yn iawn.'

'Os deëllaist nad oes yr un o'th ddilynwyr lladronllyd i roi'i draed ar yr ystad hon fe wnaeth Gray ei feddwl yn hollol glir.'

'Beth sydd arnoch?' ymbiliais â Madog. 'Gwyddoch fod gan yr Woodiaid ganiatâd i wersyllu yma pan fynnant, a hyd y gwn i, ni wnaethant erioed ddrwg i ddim o'ch eiddo.'

'Dyna ddigon ar hynyna, Nansi,' ebr fy ngŵr yn ystyfnig. 'Yr wyf i'n dewis tynnu'r caniatâd yn ôl yn awr, ac os beiddiant ddyfod yn agos wedi hyn, fe'u cymerir i fyny am drespas.'

'Ac os gwnewch chwi hynny,' bygythiais, 'âf i'r llys fy hunan yn dyst o'u plaid.'

Ond yr oedd Robin ar ei urddas erbyn hyn.

'Na, Syr, gallaf roi fy ngair i chwi na chewch y drafferth honno gyda ni. Ni fynnwn er llawer fod yn achos o anghysur rhyngoch chwi â'ch gwraig. Ffarwel i ti'n awr, Nansi. Fe wyddost y gwnawn i unrhyw beth trosot – unrhyw amser. A chwithau Madog Wyn – ni buom ni erioed yn ffrindiau, ond nid oes gennyf rithyn o ddrwg-deimlad tuag atoch. Eithr cofiwch pe baech chwi heb fynd â Nansi i ffwrdd, mai hi a fyddai ein brenhines ni, a bod yna rai ohonom heb anghofio hynny eto, a phe deëllai'r rheini'i bod hi'n dioddef unrhyw gam –'

Ac aeth Robin allan, heb orffen ei frawddeg, na rhoi cyfle i Fadog na minnau ddweud gair. Synnwn y newid yn y ddau er pan welswn hwy gyda'i gilydd ddiwethaf. Yr adeg honno Madog oedd yn dawel hunan-feddiannol a Robin yn nwydwyllt. Ni wn ai'r cof am hyn, ac efallai gywilydd am y bychander a ddangosodd, a barodd i Fadog anwybyddu fy nhrosedd yn gadael y cwmni, er mwyn siarad â sipsi. Disgwyliwn ystorm, ond ni ddaeth.

Er hynny bu farw rhywbeth ynof y bore hwnnw. Hyd yma llwyddais i'm perswadio fy hun fy mod drwy'r cyfan yn caru Madog. Digon tebyg fy mod, ond mai planhigyn gwan, mewn angen tynerwch a gofal ydoedd, ac i chwa o wynt y Gogledd fel hyn fod yn ormod iddo. Nid oeddwn yn caru digon o hyd!

Llongyfarchai'n cyfeillion ni bod Madog yn digwydd bod yn ymyl i yrru'r 'lleidr' i ffwrdd.

'Y mae'n amlwg ei fod yn un beiddgar, brwnt,' meddent. 'Mor ffodus bod Syr Madog yma i ddelio ag ef.'

Gwyddwn ar ei wyneb yr ofnai Madog i mi fradychu'r gyfrinach iddynt, ond nid oedd berygl iddo o hynny. Er diced oeddwn wrtho, ni ddymunwn roi'i falchder i lawr o flaen eraill.

Y BEDWAREDD BENNOD AR BYMTHEG

Treiglodd yr haf ymlaen, a ninnau'n dau'n ymbellhau o hyd. Daeth yn dymor gaeaf Llundain unwaith eto, ac aethom yno. Oddi allan ymddangosai popeth o'r gorau – Madog yn brysur gyda'i ddyletswyddau a'i anrhydeddau, a minnau o bleser i bleser. Cefais fy ngollwng oddi yno'n gynharach na'r tro cynt, ond arhosodd dy daid ar ôl.

Yn ystod yr wythnosau cyntaf hyn ym Mhlas Madog, arferwn dreulio'r prynhawniau'n gyrru mewn cerbyd isel, yn cael ei dynnu gan ferlen fechan wisgi. Fel rheol cymerwn Eluned gyda mi, a digwyddodd felly'r diwrnod hwn. Yr oeddwn wedi dewis y ffordd drwy'r coed uwchben y Plas, lle y cyfyd y tir yn uchel ar un ochr fel y gwyddost, ac y disgyn yn serth yr ochr arall. Nid oedd wrych rhyngof â'r dibyn coediog, ond yr oedd y ferlen fach yn hen gyfarwydd â'r ffordd erbyn hyn, ac nid oedd berygl i mi gyfarfod â'r un cerbyd arall tra cadwn o fewn i furiau'r parc.

Tywynnai pelydrau haul y gwanwyn cynnar rhwng brigau di-ddail y coed, ac estynnai'r baban ei breichiau atynt, fel petai am rwydo'r disgleirdeb chwareus i'w chôl. Ar bwys ei chwerthin hi, chwarddwn innau, ond yn sydyn clywais sŵn uwchben a fferodd fy ngwaed, ac a'm gwnaeth yn groen gŵydd o'm corun i'm sawdl, chwedl Nain.

Edrychais i fyny'r llechwedd, a dyna lle safai drychiolaeth dal, wen, yn chwifio'i breichiau, ac yn gwneud yr oernadau mwyaf dychrynllyd. Ni wn beth a feddyliais oedd yno. Y tebyg yw na chefais amser i feddwl dim; canys er llonydded y ferlen, profodd y praw hwn yn ormod iddi ar y funud, a rhoes naid a llam yn wysg ei chefn, nes bod dwy olwyn ôl y cerbyd dros y dibyn. Greddf ac nid rheswm a'm dysgodd y munudau rheini i gipio'r baban i'm mynwes ag un llaw, ac i gydio â'm holl egni yn ffrynt y cerbyd gyda'r llall. A'i hanner tros y dibyn fel hyn, yr oedd gogwydd y llawr a'r sedd mor serth fel y cawn drafferth i beidio â llithro i'r pen isaf. Pe bawn wedi gwneud hynny buasai'n ddiwedd arnom. Yr oedd y ferlen fach yn colli tir eisoes, serch i mi roi fy mhwysau i'w helpu, ac iddi hithau ymladd pob modfedd yn wrol.

Yn fuan iawn nid oedd dim, bron, o'r cerbyd ar y gwastad, a chofiaf mai'r unig beth y cymerwn ddiddordeb ynddo am funud oedd, p'run ai'r ferlen ynteu ni a gyrhaeddai'r gwaelod gyntaf. Yn ffodus ni chefais byth wybod hynny. Profodd y straen yn ormod i'r siafftiau, er na chlywais mohonynt yn torri, gan sŵn camau'r ferlen yn ymladd â'r ddaear. Y peth cyntaf a wybûm oedd fod Pol yn rhydd a'r ddwy siafft yn rhwym wrthi. Clywswn ddweud fod pob munud yn ymddangos fel awr pan fo un mewn enbydrwydd, a thybiais mai dyna paham yr oeddem ar y dibyn, yn lle cael ein hyrddio yn bendramwnwgl i'r dyfnder islaw. Troais fy mhen yn araf, a deëllais. Yr oedd cangen ar draws llwybr y cerbyd, a thra y daliai hi yr oeddym yn ddiogel. Ond Ow ni! yr oedd y gangen yn feinach nag yw fy arddwrn i'n awr, heb sôn am yr hyn oedd yr adeg honno a chymharwn braffter yr arddwrn a'r gangen, ac arswydwn. Gwyddwn na chadwai fy mraich, beth bynnag, mo'r cerbyd yn ei unfan am dair munud.

Clywais sŵn traed yn nesu, ac mor ddiolchgar y teimlwn! Ofnwn droi i edrych pwy oedd yno, rhag i mi wrth symud mymryn roi hwb i'r cerbyd o afael y gangen. Ni feddwn amheuaeth nad un o'r gweision oedd yn dyfod, a bod ymwared yn ymyl. Pan ddaeth gyferbyn â mi, er fy mraw gwelais mai Alana Lee oedd yno. Hyhi oedd y 'ddrychiolaeth' a achosodd y perygl i gyd. Tybiais ei bod ar ben arnom, a rywfodd daeth i'm meddwl ar y funud mai rhybedio cerrig a wnâi Alana, i'n taro ac i yrru'r cerbyd ar ei union i lawr.

Teflais fy nwy fraich am y plentyn gan benderfynu troi fy nghorff yn darian i'w hachub hi, os medrwn.

Pan godais fy llygaid wedyn nid oedd sôn am Alana, ond clywais ei llais yn rhywle odditanom, 'Brysia! Ceisia gamu allan! Y mae'r gainc yn torri!'

Nid oedd cymaint pellter rhyngof â'r llawr, ond fy mod ofn o hyd i'r cerbyd syrthio wrth i mi symud. Eithr pe dywedasai Alana wrthyf am fy mwrw fy hun i ganol coelcerth o dân ynn, credaf y buasai'n rhaid i mi ufuddhau iddi. Cemais tros ymyl y cerbyd, a meglais yn fy ffrog wrth wneud. Fel y digwyddodd, ar y llechwedd serth y syrthiais, ac nid ar ymyl y clogwyn; a medrais gadw'r plentyn yn ddi-anaf, er ei bod yn crio digon i ddychryn y llwynogod.

Ymgripiais yn grynedig i fyny i'r llwybr, a phan gyrhaeddais yno sylweddolais na ddaeth fy nihangfa funud yn rhy fuan. Gwelwn y gangen wedi'i thorri'n lân oddi wrth y goeden, a rhyfeddwn sut na ddymchwelodd y cerbyd wrth i mi gamu ohono. Yna deëllais paham. Alana oedd yn ei ddal â holl egni'i chorff eiddil. Gyda fy mod i'n ddiogel, pallodd y nerth rhyfedd a gafodd, a syrthiodd yn ôl dros y clogwyn, a'r cerbyd ar ei chefn.

Rhedais orau fyth ag y gallwn yng nghyfeiriad y Plas – y baban a minnau'n gweiddi am y gorau. Yr oedd dau o'r gweision wedi gweld Pol a'r siafftiau'n llusgo wrthi, a synnwn i ddim nad oedd fy nghyfarfod i felly'n beth siom iddynt, a hwythau wedi eu paratoi'u hunain at ddarganfod trychineb gwerth rhoi'i hanes mewn papur newydd. Medrais roi ar ddeall iddynt beth oedd wedi digwydd, a'u cychwyn i geisio cymorth i'r greadures orffwyllog. Yr oeddwn yng ngolwg y tŷ erbyn hyn, a phan ganfu un o'r morynion fi, rhedodd i'm cyfarfod. Cefais amser i roi'r baban yn ei breichiau, cyn cwympo mewn llewyg ar y ffordd. Pan ddeuthum ataf fy hun yr oeddynt wedi fy nghario i'r tŷ, ac yn disgwyl am y Doctor.

Clywais un o'r gweision yn dyfod i mewn, ac yn sisial, 'Y mae hi'n fyw, ac yn galw, galw am Lady Wyn.'

Dwrdiai'r merched ef, gan fygwth ei fywyd onid âi allan yn ddistaw, ond yr oeddwn i am wybod cymaint a gawn, a gelwais amo.

'Aethom â hi i Dŷ Du, Lady Wyn,' meddai. Murddyn yw Tŷ Du ers blynyddoedd bellach, ond yr adeg honno yr oedd yn dyddyn bychan twt heb fod nepell o'r ceunant y syrthiodd Alana iddo, ac o fewn hanner milltir i brif fynedfa'r Plas. Ystyriwn fod y greadures wedi mentro'i bywyd drosof, a'i bod yn ddyletswydd arnaf innau fynd i'w gweld, os hynny oedd ei dymuniad hi.

Gorchmynnais iddynt baratoi cerbyd ar unwaith. Gwyddwn os cyrhaeddai'r Doctor cyn i mi gychwyn, na chawn fynd, a chrynwn rhag ofn ei gyfarfod ar hyd y ffordd. Ni faliai, mi wrantai un bribsyn am i Nansi Lovell farw o dan ei ofal, ond rhoddai colli ledi'r Plas enw drwg iddo. Hanner-gariodd y ddau was fi i'r ysgubor lle gorweddai Alana, ac yma gadawsant ni ein hunain. Gwelais ar unwaith ddychwelyd o'r harddwch cyntefig i'w hwyneb, ac yn lle'r gorffwylledd a gofiwn i yn ei llygaid, yr oedd yno dawelwch mawr.

'Diolch i ti am ddyfod,' meddai wrthyf. 'Y mae'n dda gennyf iddi droi fel hyn. Fu bywyd yn ddim ond baich i mi ers blynyddoedd, a waeth gen i ei golli na pheidio.'

'A oes yna rywbeth y medraf i wneud i chwi, Alana?'

'Oes. Dyna paham yr anfonais amdanat.' Cydiodd â'i dwy law'n fy mraich, a'm hanner ysgwyd, gan mor eiddgar hi. 'A ofeli di fy mod yn cael fy nghladdu ym mynwent Madog, mewn bedd wedi'i dorri'n groes i un dy dad a'th fam, er mwyn i mi gael gorwedd wrth eu traed?'

'Gwnaf,' meddwn, 'mi addawaf hynny â'm holl galon.'

'Dyna fi,' ochneidiodd, gan ollwng ei gafael. 'Gwn na warafun Rebeca mo hynny bach i mi, canys er dannod ohonof iddi ers talwm fod Brian yn caru dwy, mi wyddwn yn amgen yn fy nghalon. Ni charodd o erioed ond hyhi, er bod popeth yn ei orfodi i'm priodi i.'

Dechreuodd grwydro i'r gorffennol. Crwydro oedd hwn, ac nid gorffwylledd.

'Mae'r gwanwyn yn nesu, a diwrnod priodas Brian a minnau. Wnâi melfed coch mo'r tro heddiw – rhaid i mi wisgo fy ngwyn. Dacw'r cerbyd yn dyfod a Brian i'm nôl. Na! merch Brian, ac nid ef ei hun sydd ynddo ... Brian ... Brian ... ymhle mae Brian?'

Agorodd ei llygaid, a thawelodd ychydig.

'Ddarfu i mi ddim bwriadu dychryn y ceffyl,' meddai, 'colli Brian wneuthum i, a minnau'n disgwyl amdano. Cynhyrfodd drachefn. 'Mae'r cerbyd drosodd. O Brian, maddau i mi. Mae'n arw gennyf i mi 'i melltithio hi ers talwm. Pe gallwn, mi dynnwn y felltith yn ôl, ond fedraf i ddim ... Fedraf i ddim ... Mae hi'n aros ... yn aros ... o hyd.'

Gwaeddodd mor uchel nes i'r gweision redeg i ddrws yr ysgubor i weld fy mod yn ddiogel. Gyrrais hwy ymaith, a disgynnodd llais Alana i sibrwd bloesg.

'Ond mi hachubaf hi rhag y clogwyn, Brian ... er dy fwyn di ... er mwyn cyfarfod Brian ym mynwent Madog.'

Cyrhaeddodd y meddyg erbyn hyn – nid yr un a arferai ymweled â'r Plas. Edrychodd ar Alana, a gwrandawodd ar guriadau'i chalon.

'Nid yw ond mater o funudau,' meddai. 'Llithro i ffwrdd yn dawel a wna heb deimlo'i phoen. Gwell i chwi fynd adref, Lady Wyn,' cynghorodd finnau. 'Ofnaf eich bod ar fin torri i lawr.'

'Un gair, Doctor,' meddwn, 'rhag ofn eich bod yn dweud y gwir, ac na allaf fod o gwmpas yfory. Yr wyf am roi gofal y claddu i chwi. Achubodd hi fy mywyd i a'm plentyn, ac y mae wedi erfyn arnaf am ei chladdu gyda pherthynasau iddi ym Mynwent Madog.'

'Cornel y Sipsiwn?' holodd yntau.

'Ie,' ebr fi, a rhoddais y manylion iddo ynglŷn â lle'r bedd, gan ymbil arno gario popeth allan i'r llythyren. Siarsiais ef i wneud y cyfan yn y ffordd orau, ac arwyddais nodyn y byddwn i'n gyfrifol am bob costau a thrafferth yr âi iddo.

Troais yn f'ôl eilwaith i bwyso arno gael y claddu trosodd mor fuan ag 'roedd yn bosibl.

'Tybed a fedrech orffen y cyfan yfory?' gofynnais yn brydems.

Ysgydwodd ei ben.

'Y mae hynny allan o'r cwestiwn. Cofiwch y bydd yn rhaid galw cwêst wedi damwain fel hyn. Gellwch fod yn esmwyth y gwnaf fy ngorau,' meddai wedyn.

Yr hyn a'n pigai i oedd ofn i'th daid glywed yr hanes, a brysio adref. Gwyddwn na byddai waeth ganddo rwystro Alana i gael ei dymuniad o orwedd yng Nghornel y Sipsiwn, na pheidio. Ni chymerwn lawer a chyfaddef hynny wrth neb ychwaith, a pherswadiais feddyg y Plas rhag gyrru am Syr Madog hyd trannoeth, trwy ddweud fod ganddo bwyllgorau pwysig y diwrnod hwnnw, y golygai lawer iawn iddo orfod eu gado. Teimlwn yn fwy esmwyth wedyn. Gyda'r brys mwyaf yn y byd, ni allai neb gyrraedd Llan Fadog o Lundain nes bod y claddu trosodd, cwêst neu beidio. Ac unwaith y rhoddid ei chorff briw yn y pridd, byddai dymuniad Alana'n ddiogel rhag llid sgweiar unrhyw lan yng Nghymru.

Erbyn heddiw nid yw'r cas a deimlai Alana Lee ataf, na'm hofn innau ohoni hithau, ond megis breuddwyd pell, niwlog. Eithr tybiaf fod fy nosau di-gwsg eleni'n dawelach oherwydd caniatáu i mi'r nerth i wneud y gymwynas hon â hi'r prynhawn hwnnw. Ni chefais ond cael a chael. Trannoeth yr oeddwn yn rhy wael i neb ddisgwyl cael tystiolaeth gennyf ynglŷn â'r ddamwain, a phan gyrhaeddodd Madog, siglwn rhwng byw a marw. Ni wyddwn, ac ni faliwn ei fod yno, na bod y sipsi a achubodd fy mywyd wedi'i chladdu wrth draed fy nhad a'm mam er y diwrnod cynt.

Bûm felly am hydoedd, ac Ow! siomiant i ŵr y Plas! Yr oedd yr aer pan anwyd ef ymhen yr wythnos, yn farw. Yn araf iawn y gwellhawn wedi hyn, ac ymddangosai Madog mor dyner a gofalus ohonof fel y dechreuais obeithio y deuai pethau eto fel cynt. Ni soniodd ef na minnau air am y ddamwain, er y gwyddwn fod y gweision yn sicr o fod wedi dweud yr holl hanes wrtho.

YR UGEINFED BENNOD

Cymerodd hir amser i mi ddyfod yn ddigon cryf i ymweld â'r meddyg a drefnodd gladdedigaeth Alana. Ond un diwrnod, a Madog oddi cartref, mentrais cyn belled. Meddwn rai o'r aur melynion a gawswn gan Robin fore'r ffarwel o hyd, a chyda hwy telais yn hael i'r dyn am ei drafferth. Teimlwn rywfodd mai dyna fel y dymunai Nain i mi wneud, yn hytrach na chymryd arian Madog at y pwrpas.

Wedi i ni orffen y cyfrifon, dywedodd y meddyg, 'Ni buaswn wedi gwneud ychwaith Lady Wyn, pe gwyddwn mor groes a fyddai i ewyllys Syr Madog.'

'Beth yw'ch meddwl?' holais mor dawel ag y medrwn.

Gwenodd y dyn.

'Daeth Syr Madog yma'n bur wyllt, wedi clywed meddai ef, mai fi oedd yn gyfrifol am y trefniadau. Bygythiai roi cyfraith arnaf am ymyrryd yn yr hyn nad oedd a wnelwyf ag ef.'

'O y mae'n ddrwg gennyf.' Gwnawn yr ymddiheurad o'm calon. 'Digwyddwn fod yn wael iawn ar y pryd, ac ni chefais gyfle i egluro i Syr Madog mai fi a ofynnodd i chwi gymryd y mater mewn llaw, fel cymwynas â mi.'

Eithr gwyddwn i – a gwyddai'r meddyg – nad oedd Madog heb ddeall mai ar fy nghais i y gwnaed y peth. Cywilyddiwn drosto, wrth feddwl i'm gŵr ei anghofio'i hun gymaint nes colli'i dymer gyda dieithryn. Yswn am ei alw i gyfrif, ond os priodi di rywdro, ti ddeëlli cyn hir na thâl hi ddim bod mor dafotrydd â chynt, hyd yn oed gyda'r addfwynaf o ddynion – a chyda dy daid, wel –

Tybiwn wrth i mi frathu fy nhafod fel hyn fy mod yn diogelu'r ddealltwriaeth well oedd rhyngom yr wythnosau hynny. Ond gyda'm bod yn gwella'n ddigon da i lithro i'n rhigolau arferol, dechreuodd Madog ar ei hen arfer o ddarganfod beiau arnaf. Taflai'r digwyddiad mwyaf dibwys ef oddi ar ei echel. Clywodd fi un diwrnod yn ceisio difyrru Eluned trwy ganu hen gerdd iddi, a ddysgais pan yn blentyn.

'Dyma chwi eto,' llefodd. 'Y mae'n debyg y mynnwch ddysgu'r sothach isel yna i'ch plentyn yn awr. Ceisiais fy ngorau i'ch diddyfnu oddi wrth eich hen fywyd, ond ymddengys bod hynny'n amhosibl.'

'Ond yn wir, yn wir, Madog, nid oes a wnelwyf i bellach â'm hen fywyd,' protestiais.

'A dybiwch chwi na wn i ddim mai dyna a fu achos colli'r baban, a bron eich colli chwithau? Heblaw eich bod yn f'iselhau'n barhaus o flaen pobl.'

Dwy flynedd yn gynt buaswn wedi fflamio fel tân at y geiriau, ond erbyn hyn addunedais â mi fy hun y gwnawn ymdrech gydwybodol i geisio byw'n heddychol ag ef.

Aeth allan gan ganu'n ei gorn y byddai raid iddo ymorol am wraig fonheddig goeth at yr eneth fach, rhag rhoddi cyfle i mi ddysgu drwg arferion iddi. Ni chymerais y bygythiad yn ddifrifol ar y pryd, ond yn wir, ymhen yr wythnos dyma wraig ddieithr yn cyrraedd – i rannu gofal y plentyn â'r famaeth. Ti gofi i mi gyfaddef o'r blaen na theimlwn gariad mam, fel y sonia'r beirdd amdano, at yr un fach, ond eto yr oeddwn yn hoff ohoni, a theimlais y dirmyg i'r byw.

Rhai wythnosau wedyn daeth pethau i bwynt. Fel yr awn yn y cerbyd mawr i ymweld ag un o'r plasau cylchynnol, pwy a welwn ar ochr y ffordd ond Robin. Gwnaeth amnaid arnaf, a gorchmynnais innau i'r gyrrwr aros. Edrychai fy nghefnder yn ddifrifol, ac meddai'n bur sarrug, 'Drwg gennyf eich trafferthu'n barhaus, ond y mae'n fater o raid arnaf grefu am un ffafr oddi wrthych eto.'

'Beth sydd, Robin?' meddwn, yn methu deall paham yr edrychai mor ddifrifol.

'A ganiatewch chwi a'r sgweiar i'm tad gael ei gladdu ym Mynwent Madog?'

'Dy dad! O Robin, paid â dweud wrthyf fod Reuben wedi marw.'

Edrychodd yn syn arnaf.

'Nid yw'n annisgwyliadwy i chwi'n siŵr, Lady Wyn, a minnau wedi anfon acw dair gwaith i erfyn amoch ddyfod at ei wely angau.'

Llanwodd fy llygaid o ddagrau galar a digofaint.

'Wyddwn i ddim, wyddwn i ddim yn wir, neu ni chawsai unpeth fy rhwystro os oedd Reuben o bawb, am fy ngweld.'

'Galwai amdanat o hyd,' ebr Robin yn dynerach yn awr, 'a cheisias gelu oddi wrtho pan ddaeth y tri negesydd yn ôl, pob un yn dweud fod Lady Wyn yn rhy brysur i ddyfod.'

Nid oedd angen i mi holi pwy a roddodd yr ateb iddynt. Gwyddwn yn rhy dda.

'Efallai bod yn well i mi beidio â'th godi yn y cerbyd,' meddwn wrth Robin. 'Ond croesa i'r Plas ar draws llwybr y parc. Trof innau adref yn awr, a byddwn yno bron ar unwaith ein dau, ac af ar f'union at Fadog i ofyn ynghylch y bedd.'

Gwrthod a wnaeth Madog yn bendant.

'Y mae yna ormod o estroniaid yn y gongl yna eisoes,' oedd ei esgus. 'Tra y gallaf i eu rhwystro ni chleddir yr un arall yna byth, a gofalaf na rydd y person mo'i ganiatâd ychwaith.'

Erfyniais arno ymhob rhyw fodd, ond nid oedd troi arno. Addewais, os câi Reuben orwedd yng nghornel y sipsiwn, y bodlonwn innau i beidio â mynd i'r angladd.

'Ewch chwi ddim yno p'run bynnag,' oedd ei ateb chwyrn. 'Cewch aros yma petai raid i mi eich cloi i mewn. Yr ydych wedi cymysgu gormod â'r giwed yn barod.'

Troais at Robin.

'Y mae'n ddrwg gennyf Robin bach, ond ti weli na allaf i wneud dim.'

'Paid â gofidio,' meddai yntau, yn yr hen ffordd y cysurai fi pan oeddwn yn eneth fach, 'fe ŵyr nhad erbyn hyn nad dy fai di yw, a chadw o'r claddu hefyd. Ti wyddost mai'r peth olaf a ddymunai ef a fyddai peri anghysur i ti.'

Felly y perswadiwyd fi ganddo i blygu i ewyllys fy ngŵr. Pe bawn wedi derbyn galwad Reuben, ac yntau'n fyw, buaswn wedi herio Madog a phob clo yn y Plas, er mwyn gweld fy hen ffrind cywir. Eithr gwelwn nad atebai un diben i mi wneud hynny er mwyn bod yn y claddu. Brifai fy nghalon wrth feddwl am Reuben garedig, ffyddlon, a'r siomedigaethau na fodlonent ar ddifetha'i fywyd ond a fynnai groesi'i ddymuniad olaf o gael ei gladdu'n yr un gweryd ag yr hunai Rebeca ynddo.

'Peidiaf â mynd i'r angladd,' meddwn yn dawel wrth Fadog, 'nid am y medrech chwi fy rhwystro, ond oherwydd y gwn mai dymuniad Reuben, pe gwyddai'r cyfan, a fyddai i mi beidio. Ond cofiwch hyn – ni faddeuaf i byth i chwi am gadw'r neges oddi wrthyf, nac am eich gwaith yn rhwystro'i gladdu yma.'

Y mae bellach drigain mlynedd er pan roddais i fyny drafferthu ynghylch barn pobl amdanaf. Wrthyt ti yn unig y teimlaf awydd fy nghyfiawnhau fy hun am yr hyn a wneuthum yr adeg honno. I'r diben hwnnw, bwriadwn adrodd yn fanwl iawn am y misoedd hyn wrthyt. Ond yn ystod yr wythnosau y bûm yn ysgrifennu hwn, pallodd fy nerth, a gwn fod yn rhaid i mi frysio, neu fethu gorffen fy llythyr.

Ni ffraeodd Madog a minnau gymaint wedi hyn. Digiais ormod wrtho i gecru rhagor ag ef, ac am weddill yr amser a dreuliais yn y Plas, gadewais iddo fy rheoli fel petawn y peiriant dienaid a ddylasai ef fod wedi ei briodi. Pan adroddai fy ngwendidau, neu y ceryddai fi, ni wrthryfelwn mwy, ac y mae'n siŵr gennyf iddo ei longyfarch ei hun ganwaith ei fod wedi dofi'r ewig wyllt o'r diwedd. Eithr nid oeddwn bellach ond yn gwylio fy nghyfle.

Gwyddwn y beiai fy nghysylltiad â'r sipsiwn am nad oedd iddo aer. Fel iawn am hynny penderfynais aros yn y carchar beth yn hwy. Gwyddwn y buasai i'w blentyn – mab neu ferch – gael ei eni yng ngwersyll y sipsiwn yn ysmotyn du ofnadwy arno yng ngolwg ei dad, ac yr oeddwn am i'r un bach gael pob chwarae teg.

Mewn llai na chwe mis cafodd Syr Madog ddymuniad ei galon. Ganwyd iddo fachgen braf, a galwodd ef yn Emyr, ar ôl hen ewythr iddo. Yr Emyr hwn yw dy dad ti. Diau y beii fi am ado'r plant, ond fisoedd cyn i mi wneud hynny, yr oeddwn wedi deall na olygai dy daid i mi gael un rhan yn eu magu. Teimlwn o'r dechrau cyntaf mai'i blant ef oeddynt, ac nad oedd i mi fawr siâr ynddynt. Felly, y ffordd gallaf oedd eu gado a'u hanghofio. Erbyn heddiw nid ydynt ond enwau i mi. Efallai y cymeraf fwy o ddiddordeb yn eu hanes nag yn eiddo pobl eraill, ond dyna'r cwbl. Yr wyt ti ganwaith yn anwylach i mi nag ydynt hwy. Fel y dywedais o'r blaen, mi wn fod fy anian ifanc i wedi aros ynot ti.

Oedais nes bod Emyr yn faban cryf, tri mis oed. Er nad oedd a fynnwyf i â'i fagu, dymunwn wneud yn siŵr ei fod ar ben y llwybr cyn ei adael. Darperais fy nghynlluniau'n ofalus. Cofiwn â pha leoedd yr arferai'r Woodiaid ymweled ar wahanol dymhorau'r flwyddyn, fel nad oedd unrhyw anhawster i ddyfod o hyd iddynt hwy.

Daeth fy nghyfle pan alwyd Madog i Lundain i drefnu ynglŷn â'n tymor gaeaf yno. Y diwrnod cyn y disgwyliem ef adref gwneuthum y trefniadau am y dydd gyda'r morynion fel arfer. Yna gelwais heibio i ystafell y plant. Edrychai'r wraig ddieithr oedd yno yn gilwgus arnaf, ond ni faliwn amdani'r bore hwnnw. Teimlwn eisoes yn feistres arnaf fy hun, ac uwchlaw awdurdod gweision cyflog Madog. Cusenais y plant nad adwaenent fi byth, ac ni chollais ddeigryn wrth wneud. Pethau a fenthyciais gan y *gorgios* wrth geisio dynwared eu harferion oedd dagrau. Gadewais hwy ar ôl y bore hwnnw, gyda'm gwisgoedd gwych, fy nhlysau a'm modrwy briodas. Pan gyrhaeddodd Madog adref, cafodd nodyn ar ei ddesg, 'YR WYF YN DYCHWELYD AT FY MHOBL FY HUN. FFARWEL. – NANSI LOVELL.'

YR UNFED BENNOD AR HUGAIN

Pan gefais o hyd i'r llwyth, euthum at Robin ar fy union.

'Dyma fi wedi dyfod adre Robin – os caf aros.'

'Ti wyddost fod croeso calon yma Nansi, ond a wyt ti wedi cyfrif yn iawn beth a gostia i ti?'

'Ydwyf. Yr wyf wedi darfod â Phlas Madog am byth. Gwn fy meddwl fy hun o'r diwedd.'

Edrychodd Robin i fyw fy llygaid, a gwelodd yno fy mod yn dweud y gwir. Estynnodd ei law i mi, 'Feiddiais i erioed obeithio y cawn gyfle i gadw'r addewid a wneuthum wrth ffarwelio â thi'r bore hwnnw,' meddai.

Yr oedd yn hwyrhau erbyn hyn, a phawb wedi dychwelyd i'r gwersyll. Galwodd Robin ar un o'r llanciau, 'Rhed i alw'r llwyth yma'n gryno,' gorchmynnodd. 'Yr wyf am siarad â hwy.'

Brysiodd pawb i'r lle, yn berwi o chwilfrydedd. *Gorgie* ddieithr oeddwn i'r rhai ieuengaf yno, ac yr oedd y llu o wynebau newydd yn eu mysg hwythau'n pwysleisio'r gwacter ar ôl Nain a Reuben i minnau. Cydiodd Robin yn fy mraich ac arweiniodd fi ymlaen.

'Dywedais wrthych o'r blaen,' ebr ef, 'nad oedd i mi awdurdod trosoch ond yn absenoldeb Nansi Lovell. Dyma hi heddiw wedi dychwelyd i gymryd ei lle fel penaethes y llwyth, ac wele finnau'n awr yn cyflwyno siars Nans Wood i chwi, eich bod i ufuddhau i'w hwyres megis y gwnaethoch iddi hi.'

Yr oeddwn yn rhy flinedig i wrth-ddweud, er y gwyddwn na buasai neb yn y byd crwn cyfan yn fodlon i roi ei le i mi fel hyn, ond Robin. Deallodd ef fy mod bron â chyrraedd pen fy nhennyn, a dywedodd, 'Cei di'r garafan, Nansi. Y mae cystal gen i'r hen dent â hithau.'

Felly y bu, ac er fy helynt, cysgais yn dawelach y noson honno nag ers misoedd. Amheuwn y deuai Madog heibio mewn diwrnod neu ddau, ac ni siomwyd fi. Robin a ddaeth i alw arnaf ato.

'Y mae o'i go'n wyllt,' meddai.

Euthum allan ato.

'Mi gerddwn ni'r ffordd hyn,' meddwn yn hamddenol. 'Bydd yn fwy preifat na siarad yn y gwersyll.' O'r braidd y gallai gadw rhag bloeddio yng ngŵydd y plant a heidiai o'n cylch.

'Beth ar wyneb daear yw'ch meddwl chwi, Nansi, yn ymddwyn fel hyn? Mi wyddoch na chaniatâf i...'

'Gallaf hepgor eich caniatâd chwi mwy,' meddwn wrtho. 'Pan fuoch mor greulon ynglŷn â Reuben diffoddodd fy ngHariad atoch fel cannwyll frwyn mewn corwynt. Byth er hynny yr wyf yn rhydd.'

Buom yn siarad am oriau – tros yr un tir drachefn a thrachefn. Treiodd bob ffordd ataf – o wag fygwth hyd dynerwch. Eithr yr oeddwn fel *adamant*, ac wrth iddo hwylio i ffwrdd dywedais wrtho, 'Nid rhaid i chwi ofni y cewch drafferth gyda mi. Chroesaf i mo'ch llwybr byth eto, ac ni ŵyr neb ond Robin ymhle y bûm trwy'r blynyddoedd. Nid oes arnaf chwant dim o'ch eiddo, ac yr wyf yn dlotach yn gado Plas Madog nag oeddwn pan ddeuthum yno. Gadewais fy ngwisgoedd, fy nhlysau, fy mhlant a'm hieuenctid ar ôl yno.'

Trodd Madog oddi wrthyf heb gymaint ag ysgwyd llaw, a minnau'n syllu ar ei ôl gan wybod mai dyna fel yr oedd hi orau.

Trannoeth daeth pecyn wedi'i gofrestru i mi. Ynddo yr oedd y tlysau a brynodd Madog i mi newydd i ni briodi – y rhai y rhwystrai fi'n ddiweddar i'w gwisgo. Gyda hwy yr oedd nodyn, 'CEDWCH Y RHAIN O LEIAF, ER MWYN A FU.'

Ac er mwyn yr amser pan oedd Madog a minnau'n hapus fe'u gwisgais, nes eu bod erbyn hyn megis rhan ohonof. Dyma'r tlysau sydd i ddyfod yn eiddo i ti yn fuan iawn. Gwn y bydd Robin byw ar f'ôl i, a thynghedais ef nad yw'r llwyth i gael darnio a llosgi'r rhain.

Ansicr iawn oedd fy safle yn y llwyth ar y cyntaf. Un o'r tu allan oeddwn yn eu golwg, a gwnâi Betsi hynny o ddrwg a feiddiai i mi. Eithr ni bu'n hir cyn deall nad yr enethig groendenau a boenydiai gynt a wynebai'n awr. Yn raddol, gyda Robin yn helpu ac yn calonogi, tynheais yr awenau, a chymerais fy lle ymhob rhan o fywyd y llwyth. Ni cheisiwn fel o'r blaen, gadw ar wahân iddynt, ond cymysgwn â hwy megis y gwnâi Nain. Ers blynyddoedd bellach y mae f'awdurdod arnynt yn gymaint ag y bu'r eiddo hithau erioed. Y mae Nansi Lovell yn enw teuluaidd yn y cymoedd gwledig, ond ni chysyllta neb hi â'r Lady Wyn a ddiflannodd mor ddisymwth o Blas Madog, drigain mlynedd yn ôl.

Waeth i mi ddweud wrthyt na pheidio, mi sylweddolais ymhen amser nad oedd yr hyn a deimlwn at dy daid yn ddim wrth y cariad oedd yn fy mynwes at Robin. O ddweud hynny, teg yw dweud hefyd fy mod, oherwydd yr hen deimlad at Fadog a'r caredigrwydd a gefais ganddo yn blentyn, ac ym mlynyddoedd cyntaf ein bywyd priodasol, wedi cadw yn ffyddlon iddo. Deallai Robin hyn, ac ni cheisiodd erioed fod ond y ffrind cywir a fu. Yr oedd melltith Alana Lee yn dal o hyd – yr oeddwn yn caru dau, er bod cymaint gwahaniaeth yn y cariad.

Ti synni glywed i mi fod ym Mhlas Madog unwaith wedyn, a hynny ddeng mlynedd yn ôl. Galwodd gŵr bonheddig heibio i'r gwersyll un bore, ac ni thalai neb i siarad ag ef ond 'Brenhines y Sipsiwn.' Tybiais i, a phawb arall mai eisiau cael darllen ei *dukkeripen* oedd arno, ond na –

'Cyfreithiwr Syr Madog Wyn wyf i,' meddai, 'ac y mae

wedi sôn yn gyfrinachol wrthyf am y cysylltiad sydd rhyngddo â chwi. Drwg gennyf eich hysbysu ei fod yn wael iawn, iawn, a'm neges i yma yw erfyn arnoch ddyfod i'w weld.'

'Ni waeth gennyf i ddyfod na pheidio,' ebr fi, 'ond sut, yw'r cwestiwn. Mi gymeraf fy llw iddo ddweud stori ddigon gwastad am eu mam wrth y plant, a waeth iddynt heb fy ngweld yn awr, a chwalu honno.'

'Ni bydd anhawster gyda hynny,' sicrhâi'r ymwelydd fi. 'Treulia Syr Madog ei amser yn gyfangwbl yn y llyfrgell yr wythnosau hyn, ac os medrwch chwi ddyfod heno, gallwn innau drefnu i wylio, rhag i neb eich tarfu.'

Euthum i chwilio am Robin.

'Y mae Madog ar fin angau Robin. A fedri di drefnu i'm cael i gyffiniau'r Plas heno am ychydig?'

'Mi fenthycia'i gerbyd,' meddai yntau, heb eiliad o betruster, 'a deuaf gyda thi fy hun.'

Ar fy ngwaethaf cynhyrfai teimladau rhyfedd fy mynwes wrth nesu i'r hen gynefin, a meddwl am edrych ar wyneb Madog wedi hanner can' mlynedd o ddieithrwch. Gollyngodd Robin fi i lawr yn ymyl y fan lle y sefais yn hogen ddeuddeg oed i edmygu'r Plas, a daeth i'm danfon tros y bompren gul i waelod yr ardd. Er ei bod wedi nosi yn yr hydref, gwyddwn am bob cam o'r ffordd i'r tŷ. Cefais ffenestr fawr y llyfrgell yn gil-agored ac yn ddi-len fel yr addawsai'r twrne. Cemais i mewn, gan ei chau a thynnu'r llenni drosti'n ofalus. Methwn a sylweddoli'r munud cyntaf fod yr holl amser wedi treiglo er pan fûm yn yr ystafell honno o'r blaen. Yr oedd y llyfrau a'r dodrefn yn union fel y cofiwn hwy – rhyw fymryn yn ychwaneg o ôl traul arnynt, efallai. Yn y gadair freichiau ger y tân, gorweddai hen ŵr gwargrwm, ac yn y drych gyferbyn gwelwn 'hen nain sipsi' rychiog ei grudd. Os oedd yr ystafell wedi aros yn ddigyfnewid er pan fûm ynddi ddiwethaf, nid felly Madog na minnau.

Euthum ymlaen, a rhoddais fy llaw ar ei ysgwydd fel y byddwn yn arfer a gwneud.

'O Nansi, y mae'n dda gan fy nghalon i gael golwg amoch unwaith eto. Llawer gwaith y bûm flys dyfod i ymbil arnoch roi ail gynnig i mi, ond mi wyddwn nad oedd waeth i mi heb.'

'Nag oedd, Madog,' meddwn, 'fel y bu yr oedd hi orau. Hyd yn oed petawn i wedi gwrando arnoch, yr un dau fyddem ni ymhen ychydig iawn.'

'Y felltith fwyaf a ddaeth i'm rhan i erioed oedd etifeddu teitl a chyfoeth Alun,' ebr ef. 'Hwynthwy a ddeffrodd fy malchder a'm huchelgais. A faddeuwch chwi i mi am yr amser hwnnw, er hwyred yw hi arnaf yn gofyn?'

'Gwnaf,' meddwn, 'Y mae fy nig atoch wedi darfod ers blynyddoedd. Mynd yn erbyn y planedau a wnaethom ill dau. Yr oedd melltith arnaf i fel arnoch chwithau, a honno a ddifethodd ein bywydau, ac nid chwi.'

Pan oeddwn ar gychwyn i ffwrdd, estynnodd bapur i mi, gan ddweud, 'Bûm yn gwneud ewyllys yr wythnos hon. Gwyddwn nad oedd gennyf ddim i'w ado y byddech chwi'n fodlon ei gymryd, ond gobeithiaf y bydd y papur hwn wrth eich bodd.'

Darllennais ef. Ynddo rhoddai ryddid i'r Woodiaid wersyllu ar unrhyw ran o dir Plas Madog tra rhedai dŵr; a hawl i Gladdfa'r Sipsiwn ym Mynwent Madog.

'Y mae'n debyg na bydd neb ohonynt ond chwi – a Robin hwyrach – am gael eu claddu yno. Mi leiciwn i feddwl na byddwch chwi a minnau ymhell oddi wrth ein gilydd yn y diwedd.'

'Dyma'r anrheg orau y gallech ei rhoi i mi,' sicrheais ef. 'Deisyfais lawer am gael gorffwys yma, ond nid oeddwn am blygu i ofyn i chwi, wedi'm gwrthod gennych gyda Reuben.'

Tynnodd Madog ei law tros ei wyneb.

'Dyna un o'r pethau y mae'n gywilydd gennyf feddwl amdanynt,' meddai'n syml.

Galwodd y cyfreithiwr fod yr amser bron ar ben i'th dad ddyfod adref, a gorfu i mi frysio oddi yno. Ni holodd Robin air arnaf ar y ffordd yn ôl, a diolchwn iddo am hynny. Trannoeth adroddais bopeth wrtho, a rhoddodd yntau orchymyn i'r llwyth i gychwyn i gymdogaeth Llan Fadog – am y tro cyntaf erioed o fewn cof y mwyafrif ohonynt. Gyda i ni gyrraedd yno, clywsom fod Sgweiar y Plas wedi marw'r bore hwnnw.

Yr oedd yno dyrfa fawr yn ei gladdedigaeth. Nid am fod ganddynt gariad ato, ond am ei fod yn ŵr mawr yr ardal. Ni chymerodd neb fawr sylw o'r hen ŵr a'r hen wraig o sipsiwn oedd yno ar gyrrau'r dorf. Ond os oedd Madog yn gallu gweld ei gladdu ei hun, mi gredaf mai ar yr hen ŵr a'r hen wraig yr edrychai ef amlaf.

Rhai o'r dyddiau hyn, efallai yr ei dithau – fy ŵyres fach i – i Fynwent Madog o chwilfrydedd i weld claddu Brenhines y Sipsiwn, sydd wedi ymweld yn rheolaidd â stad dy dad y deng mlynedd hyn. P'run bynnag am hynny, mi gredaf yr ei yno'n aml wedi i ti ddarllen yr hanes hwn. Os felly, tafl weddi fach tros eneidiau'r pump fydd yn gorwedd yno, y troes eu bywydau mor groes i'w dymuniadau.

Ffarwel Nansi fach. Cafodd fy Nain fy nghwmni i yn ei hawr olaf, ond pan ddaw awr olaf Nansi Lovell, bydd yn rhaid iddi wynebu arni heb neb ond Robin. Ni phery yntau'n hir, ac os cei di gyfle, bydd yn garedig wrtho er mwyn

DY NAIN DITHAU.

Clasuron Menywod Cymru

Golygyddion: Cathryn Charnell-White; Rosanne Reeves

Mae'r gyfres hon, a gyhoeddir gan Wasg Honno, yn ail-gyflwyno testunau llenyddol anghofiedig gan fenywod Cymru o'r gorffennol.

Mae pob un o'r teitlau a gyhoeddwyd yn cynnwys rhagymadrodd sy'n gosod y gwaith yn ei gyd-destun hanesyddol ac yn awgrymu dulliau o ystyried a deall y gwaith o safbwynt profiadau menywod heddiw. Bwriad y golygyddion yw dethol gweithiau sydd nid yn unig o werth llenyddol ond sydd hefyd yn parhau'n ddarllenadwy ac apelgar i gynulleidfa gyfoes.

Mae'r portreadau amrywiol o hunaniaeth y Gymraes a amlygir yn llyfrau'r awduron hyn yn dystiolaeth o'r prosesau cymhleth sydd wedi llunio meddylfryd menywod Cymru heddiw. Bydd darllen y portreadau hyn o'r gorffennol yn ein helpu i ddeall ein sefyllfaoedd ni ein hunain yn well, yn ogystal â darparu, mewn nifer o wahanol *genres* – nofelau, storïau byrion, barddoniaeth, hunangofiannau a darnau rhyddieithol. Stôr o ddeunydd darllen rhyfeddol a rhagorol.

> 'Diolch i Honno am ddod â llyfrau awduron benywaidd diflanedig fel hyn i olau dydd eto.'
>
> Llinos Dafis

(Adolygiad oddi ar www.gwales.com, trwy ganiatâd Cyngor Llyfrau Cymru.)

Cerddi Jane Ellis (1840), gan Jane Ellis
Golygwyd gan Rhiannon Ifans

Dringo'r Andes & Gwymon y Môr (1904, 1909), gan Eluned Morgan
Rhagymadrodd gan Ceridwen Lloyd-Morgan a Kathryn Hughes

Llon a Lleddf a Storïau Eraill (1897, 1907, 1908), gan Sara Maria Saunders
Rhagymadrodd gan Rosanne Reeves

Mae'r Galon wrth y Llyw (1957), gan Kate Bosse-Griffiths
Golygwyd gan Rosanne Reeves. Rhagymadrodd gan Heini Gruffudd

Pererinion a Storïau Hen Ferch (1937, 1948), gan Jane Ann Jones
Rhagymadroddion gan Nan Griffiths a Cathryn A. Charnell-White

Plant y Gorthrwm (1908), gan Gwyneth Vaughan
Rhagymadrodd gan Rosanne Reeves

Sioned (1906), gan Winnie Parry
Golygwyd gan Ceridwen Lloyd-Morgan a Kathryn Hughes. Rhagymadrodd gan Margaret Lloyd Jones

Telyn Egryn (1850), gan Elen Egryn
Rhagymadrodd gan Kathryn Hughes a Ceridwen Lloyd-Morgan

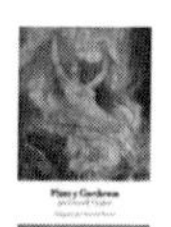

Mae Honno hefyd yn cyhoeddi'r gyfres Welsh Women's Classics, yn Saesneg.

GWYBODAETH am HONNO

Sefydlwyd Honno y Wasg i Fenywod Cymru yn 1986 gan grŵp o fenywod oedd yn teimlo'n gryf bod ar fenywod Cymru angen cyfleoedd ehangach i weld eu gwaith mewn print ac i ymgyfrannu yn y broses gyhoeddi. Ein nod yw datblygu talentau ysgrifennu menywod yng Nghymru, rhoi cyfleoedd newydd a chyffrous iddyn nhw weld eu gwaith yn cael ei gyhoeddi ac yn aml roi'r cyfle cyntaf iddyn nhw dorri drwodd fel awduron. Mae Honno wedi ei gofrestru fel cwmni cydweithredol. Mae unrhyw elw a wna Honno'n cael ei fuddsoddi yn y rhaglen gyhoeddi. Mae menywod o bob cwr o Gymru ac o gwmpas y byd wedi mynegi eu cefnogaeth i Honno. Mae gan bob cefnogydd bleidlais yn y Cyfarfod Cyffredinol Blynyddol.

Am ragor o wybodaeth ac i brynu ein cyhoeddiadau, os gwelwch yn dda ysgrifennwch at Honno neu ymwelwch â'n gwefan: www.honno.co.uk

Honno
Uned 14, Unedau Creadigol
Canolfan Celfyddydau Aberystwyth
Aberystwyth
Ceredigion
SY23 3GL